CB127984

FUTEBOL

HISTÓRIAS FANTÁSTICAS DE GLÓRIA, PAIXÃO E VITÓRIAS

MARCO RIGOBELLI
ORG.

1ª EDIÇÃO

EDITORA DRACO

SAO PAULO
2014

© 2014 by Marco Rigobelli, Gerson Lodi-Ribeiro, Fábio Fernandes, Vinícius Lisboa, Marcel Breton, Diego Matioli, Carlos Orsi, Fabio Baptista, Sid Castro e Rodrigo van Kampen

Todos os direitos reservados à Editora Draco

Publisher: Erick Santos Cardoso
Produção editorial: Janaina Chervezan
Edição: Cirilo S. Lemos e Marco Rigobelli
Capa e arte: Ericksama

Dados Internacionais de Catalogação na Publicação (CIP)
Ana Lúcia Merege 4667/CRB7

Futebol : histórias fantásticas de glória, paixão e vitórias / organizado por Marco Rigobelli. – São Paulo : Draco, 2014.

Vários autores.

ISBN 978-85-8243-045-3

1. Contos brasileiros I. Rigobelli, Marco

CDD 869.93

Índice para catálogo sistemático:

1. Contos : Literatura brasileira 869.93

1ª edição, 2014

Editora Draco
R. César Beccaria, 27 – casa 1
Jd. da Glória – São Paulo – SP
CEP 01547-060
editoradraco@gmail.com
www.editoradraco.com
www.facebook.com/editoradraco
twitter: @editoradraco

Prefácio **O FANTÁSTICO DO FUTEBOL** 6

Gerson Lodi-Ribeiro **PÁTRIAS DE CHUTEIRAS** 12

Fábio Fernandes
2010 - O ANO EM QUE FAREMOS CONTRATO 38

Vinícius Lisboa **BOOST** 50

Marcel Breton **O ÚLTIMO GRANDE CRAQUE** 66

Diego Matioli **JOGO PURO** 82

Carlos Orsi **SOB O SIGNO DE XOTH** 96

Fabio Baptista **O ÚLTIMO GOL DO TIÃO CANHOTO** 126

Sid Castro **O REI DO FUTEBOL** 140

Rodrigo van Kampen **O ÚLTIMO JOGO** 152

Marco Rigobelli
NOS GRAMADOS EM CINZAS DA ARENA DO ABISMO 162

CONFIRA A ESCALAÇÃO DO NOSSO TIME 174

PREFÁCIO

O FANTÁSTICO DO FUTEBOL

O FUTEBOL É MÁGICO. ELE mexe com encanto, devoção, com o improvável, tem um quê de sagrado e de fantástico; é tão justo quanto insidioso. Essa relação folclórica que os apaixonados pelo esporte têm com o futebol se deve em muito às histórias geradas por ele. Todo mundo conhece alguma lenda, como quando guerras foram paradas, hegemonias derrubadas, ditaduras confrontadas com democracia, os injustiçados superaram os injustos e os fracos encontraram forças para se erguer onde os fortes as perderam ao cair. Outros esportes podem até ser mais plásticos ou mais poéticos, mas ao futebol nada disso importa, porque ele nasceu para a prosa.

Mas a ficção futebolística, infelizmente, ainda é incomum, mesmo no país do futebol. Talvez por nossa literatura ter o hábito de tratar de pessoas em um nível cultural e social nos quais o futebol não tem tanta influência, ou então pela noção de alienação que o esporte acabou assumindo. Pode ser até pela dificuldade que é retratar uma partida, pois delas só é possível falar com metáforas. De qualquer maneira, o futebol é uma manifestação cultural brasileira que a própria cultura brasileira prefere só olhar de longe, admirar com certa parcimônia. Os escritores mais talentosos que o nosso esporte já teve foram Nelson Rodrigues e Armando Nogueira e, embora nenhum deles de fato criasse histórias, transformavam o fato em causo e a ocasião em lenda. Mas sempre paravam por aí, com seus leitores seguindo em frente, na imaginação.

Da mesma maneira, a vocação ao mito do esporte bretão é tão tangível que ele parece ser deixado um pouco de lado na ficção. Em histórias sobre o futebol, passar na peneira, ser um profissional e ver seu time conseguir um título até então inalcançável são os eventos mais fantásticos possíveis. E não sem razão, para muitos de nós torcedores, viver do esporte é o sonho impossível. Mas ainda assim, é até meio absurdo que tão poucos autores tenham imaginado além do lugar comum. Não encontramos contos sobre partidas contra alienígenas, ou romances sobre as interferências do céu ou do inferno nas rotinas dos atletas. Não há universos paralelos, horror cósmico. A magia do futebol se limita àquela inerente ao esporte. E essa é a proposta de *Futebol: histórias fantásticas de glória, paixão e vitórias.*

Quando o editor Erick Santos me convidou para organizar esta antologia, eu já tinha a diversidade em mente. Queria compensar a falta de obras relacionadas ao futebol com o maior número de gêneros que fosse capaz de reunir em apenas dez contos. Desejava brincar com vida extraterrestre, transhumanismo, fantasia, futurismo, até um pouco de religião. Tudo que pudesse emprestar da magia do futebol. E acho que o objetivo foi alcançado. Entre em campo com a gente e reencontre o fantástico do futebol.

Marco Rigobelli
Junho de 2014

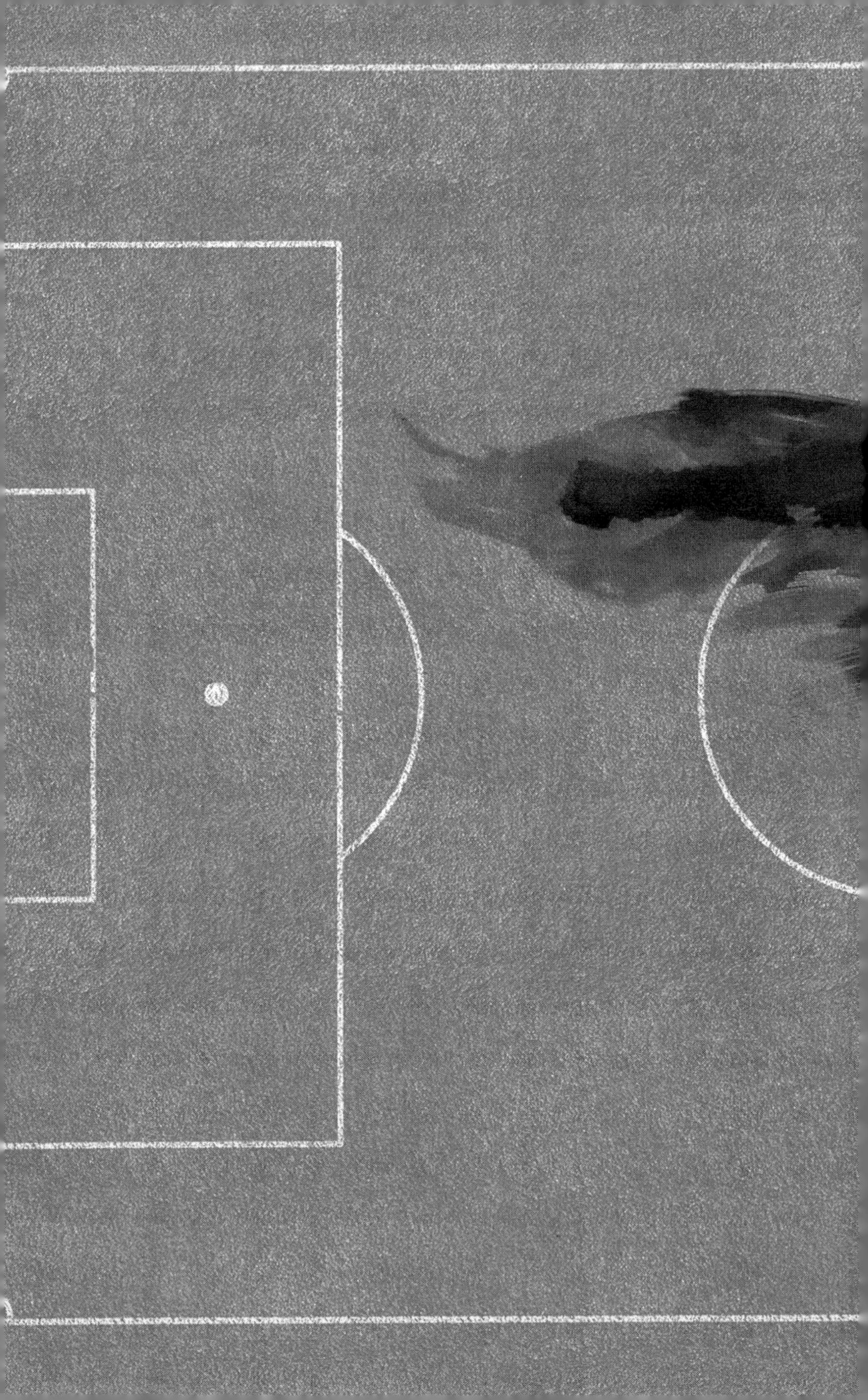

FUTEBOL
histórias fantásticas de glória,
paixão e vitórias

PÁTRIAS DE CHUTEIRAS

Gerson Lodi-Ribeiro

"A seleção é a pátria de chuteiras."

Nelson Rodrigues, dramaturgo e diplomata brasileiro

Julho de 1986.

John F. Kennedy Memorial Stadium - Filadélfia – E.U.A.
Final da Décima Quinta Copa do Mundo de Futebol.

NASCIMENTO TRANSPIRA EM ABUNDÂNCIA, MOLHANDO a camisa branca de linho, embora o calor desse dia ensolarado de verão na Pensilvânia não o incomode tanto assim. O que sentirá quando ouvir os primeiros acordes do hino nacional brasileiro? Quando fitar a bandeira de seu país, agora a seleção adversária, hasteada num mastro deste estádio?

Os titulares e reservas das duas seleções finalistas estão alinhados de pé no centro do gramado do Kennedy Stadium. O público de quase cento e vinte mil pessoas faz silêncio absoluto em respeito aos hinos nacionais que estão prestes a ser executados.

Primeiro vem o hino de Palmares. A bandeira verde com o carcará negro de asas abertas no centro é hasteada lentamente. Nascimento não consegue ver dali, mas sabe que o carcará da Primeira República carrega uma lança, um caule de cana-de-açúcar e uma luneta nas patas cerradas.

Disfarça e olha em volta, examinando as arquibancadas do estádio. Há três torcidas distintas: a palmarina, presente em números expressivos no lado oeste; a pequena e ruidosa torcida brasileira, distribuída nas arquibancadas do extremo leste, e a vasta maioria norte-americana, que os organizadores decidiram colocar no centro, para separar os torcedores palmarinos e brasileiros. A torcida americana deveria ser francamente favorável a Palmares, até por razões históricas. Afinal, durante a Guerra de Secessão, os carregamentos de armas e munições palmarinas adquiridas pelo Norte foram desembarcadas ali, em pleno porto de Filadélfia. Mas, como Nascimento receava, a derrota humilhante do time da casa ante os palmarinos nas semifinais, e a consequente demolição do sonho de disputar sua primeira decisão de Copa do Mundo, havia feito com que muitos americanos presentes no estádio empunhassem bandeiras azuis cobalto do Brasil.

Como cabeças de sua chave, os palmarinos jogaram na Filadélfia desde o início do torneio. A seleção brasileira também foi cabeça-de--chave. Contudo, ao contrário da adversária, jogou no sul dos Estados Unidos desde as oitavas-de-final, pois lá a simpatia pelos brasileiros era maior. Na semifinal Brasil x Alemanha, disputada em Atlanta, a seleção comandada por João Saldanha Filho derrotou a poderosa seleção alemã, despachando para casa os atuais campeões mundiais e francos favoritos para jogar a final contra Palmares. Uma vingança e tanto pela derrota sofrida na final da Copa do Mundo da Espanha, há quatro anos.

Alinhados a seu lado, os jogadores de Palmares vestem os tradicionais calções negros e as camisas verdes-esmeralda com o desenho estilizado de um grande carcará negro emblemado no peito. Já a seleção brasileira vem com seu segundo uniforme, aquele que nos seus tempos de jogador era apelidado de canarinho – camisas amarelo--ouro e calções azuis –o justo inverso do uniforme principal.

O hino de Palmares se encerra. Os pupilos de Nascimento relaxam da postura hirta mantida durante a execução do Primeira Nação Livre da América. A banda do U.S. Marine Corps se prepara para executar o hino brasileiro. Nascimento sente que as atenções dos jogadores de ambas as seleções e das três torcidas se voltam para si.

A bandeira brasileira começa a ser içada no outro mastro. O pavilhão azul cobalto com trinta e duas estrelas amarelas que representam tanto os astros mais brilhantes da constelação do Cruzeiro do Sul quanto os estados e territórios do país. Encimando as estrelas, a frase em letras brancas: "Paz no futuro e glória no passado". Um retângulo de pano azul pontilhado de ouro que foi ensinado a amar desde menino e que viu hasteado centenas de vezes quando defendeu as cores do Brasil como jogador.

O hino começa. Sente as lágrimas umedecendo os cantos de seus olhos e escorrendo por suas faces. É a primeira vez que isto acontece. "... defendendo o solo pátrio, do São Francisco ao Chuí", Nascimento se surpreende mordendo os lábios para impedir-se de cantar o hino. Num ato reflexo, leva a mão direita ao peito, pousando-a sobre o coração. Fecha os olhos, para não arriscar sequer um olhar para os lados. Tem certeza absoluta de que os seus jogadores, o soba e os outros membros da comissão técnica o estão fuzilando com os olhos neste momento. Desconfia de que, independentemente do resultado da final, seja bem provável que jamais volte a ser o técnico da seleção de Palmares.

"É incrível, caros holoespectadores! Nascimento dos Santos, o atleta do século, o maior jogador de todos os tempos, o único brasileiro a vencer duas Copas do Mundo, em 58 na Suécia e em 70 no México, e atual técnico da seleção de Palmares... Todos vocês notaram que, embora tenha mantido os lábios cerrados, no fundo de sua alma o nosso Nascimento estava cantando o hino do Brasil! Uma resposta à altura para todos aqueles que o acusavam de ter virado a casaca. Nascimento, o homem dos 1.400 gols, marcados pela equipe paulista do Caxias F.C. e pela seleção brasileira! Nascimento..."

Pressiona suavemente a têmpora direita com a extremidade do dedo indicador, desligando o áudio de seu link-satélite pessoal com uma das redes brasileiras que cobrem a grande final. Não importa o que faça. No Brasil sempre haverá torcedores que o considerarão um traidor pelo fato de ter aceito o convite para comandar a seleção de Palmares. No que diz respeito à Primeira República, ele acaba de marcar mais um tento no placar da desconfiança que muitos dos hierarcas da velha guarda nutrem contra ele.

Não tem a mínima dúvida de que a exploração desse seu "impulso patriótico" pela mídia palmarina irá dificultar ainda mais o seu tortuoso processo de naturalização...

Paciência.

"O Brasil começa com Marquinhos no gol; Márcio Soares e Tucão fechando a zaga; Rodrigues e Luizinho nas laterais; Zeduardo, Douglas e Sólon na armação; e no ataque, Falcão (já recuperado da contusão sofrida na prorrogação da partida contra a Alemanha), Tico e Zequinha. Nosso técnico é o popular Major João Saldanha, filho do famoso técnico que comandou a Campanha do Bi em 1970.

"A seleção de Palmares vem completa para a decisão, com Wirapuru, Farofa e Samanco; Araçari e Paulo Nhandu; Temba, Shagga e Liyongo Dias; Savimbi, Angoma e Ngomo, o artilheiro do certame até agora. Como todos sabem o técnico de Palmares é o grande herói brasileiro de quatro copas, Nascimento dos Santos.

"Observamos ao holoespectador que essa é a primeira seleção de Palmares a contar com um jogador branco entre os titulares. Diz-se que Liyongo Dias foi convocado graças à perseverança e o prestígio de Nascimento nos altos círculos da Primeira República. Embora tenha concordado com a escalação de Dias entre os titulares, a comissão técnica adversária ainda insiste em afirmar que o meia-armador é de fato mulato claro e descendente longínquo do herói militar palmarino, Henrique Dias... Acredite se quiser."

Nascimento sorri ao pensar naquela conversa fiada que a Secretaria de Estado inventou e obrigou a comissão técnica a divulgar como condição sine qua non para autorizar a convocação de Liyongo... Para de achar graça da política de Palmares quando se recorda dos exames de DNA que deverá fazer antes de receber a cidadania plena. As autoridades genéticas da Secretaria de Saúde afirmaram que os exames serviriam apenas para determinar de que tribo africana vieram os seus antepassados, mas Nascimento suspeita de que eles queiram de fato apurar quanto de sangue branco ele possui. Seus amigos brasileiros bem que avisaram que em Palmares a negritude é um assunto sério...

"Vamos rever as campanhas das duas seleções finalistas, desde as oitavas-de-final. Palmares fez uma campanha impecável até agora. Estreou nas oitavas-de-final com uma goleada de 6 x 1 em cima da seleção de Camarões. Em seguida, venceu o Quênia por 4 x 2 e o Peru por 3 x 0, classificando-se como primeiro de sua chave. Nas quartas-de-final Palmares esmagou a seleção argentina por 4 x 0; um placar repetido contra os donos da casa nas semifinais. Um currículo e tanto, senhores holoespectadores.

"Já o Brasil estreou com um empate sem gols contra a

Nigéria. A seguir veio um novo empate, de 2 x 2, com a Rússia, e a primeira vitória, contra a Escócia, por 3 x 1. Classificando-se em segundo da sua chave, o Brasil passou pela Inglaterra nas quartas-de-final, com o placar de 1 x 0. Nas semifinais, a nossa seleção conquistou uma vitória dramática, monumental, de 4 x 3, contra a Alemanha, a atual campeã mundial, na prorrogação de uma autêntica batalha campal que terminou empatada em 2 x 2 no tempo regulamentar.

"E agora, estamos aqui, meus senhores, prestes a transmitir a grande final. Esta é a sétima final para as duas seleções. Tanto o Brasil quanto Palmares são bicampeões mundiais e os dois países já se sagraram vice-campeões quatro vezes. Portanto, o vencedor da partida desta tarde não será apenas o campeão da Décima Quinta Copa do Mundo, tricampeão de fato, mas conquistará a posse definitiva da Taça Jules Rimet. Um troféu que já foi trazido para o Rio de Janeiro em 58 e novamente em 70, e que também já foi levada para a Cerca do Macaco em 42 e 62.

"Palmares venceu sua primeira Copa do Mundo jogando em casa, em 42, ao contrário do nosso país, que perdeu a Copa de 50 na fatídica derrota por 3 x 2 para o Uruguai em 50, no então recém-inaugurado Estádio Mário Filho."

O juiz apita o início da partida. Sentado no banco de Palmares, Nascimento observa o primeiro ataque brasileiro. O habilidoso meia Sólon lança entre os defensores de Palmares. O atacante Zequinha recebe livre, dribla o zagueiro Samanco e chuta forte, no ângulo. Nascimento prende a respiração. O goleiro Wirapuru voa para fazer a defesa impossível, espalmando a bola por cima do travessão. As torcidas americana e brasileira ululam irritadas; a palmarina vibra e agita suas bandeiras verde-negras.

Nascimento olha para o lado e vê João Mzambi, o soba da comissão técnica, sorrindo abertamente para ele. Nascimento insistiu desde o início em convocar o tupinambá de mais de dois metros de altura para o gol, apesar das críticas dos dirigentes e dos impropérios da imprensa esportiva palmarina. Foi uma decisão acertada. Ao final das eliminatórias, Wirapuru já era considerado por cronistas esportivos internacionais como o melhor do mundo na posição.

O técnico suspira. Talvez ainda lhe reste alguma esperança em Palmares.

O escanteio é bem cobrado. O atacante Tico sobe mais do que seus dois marcadores e testa firme em direção à meta palmarina. A bola roça o travessão e sai pela linha de fundo. Desta vez todos no banco suspiram de alívio.

Wirapuru se prepara para cobrar o tiro de meta.

"Esta é a terceira vez que o Brasil e Palmares se enfrentam numa final de Copa do Mundo. Em 58 na Suécia, vencemos por 5 x 2, com três gols do então garoto Nascimento. Na segunda vez, quatro anos mais tarde em Santiago do Chile, com o Rei do Futebol contundido, perdemos a final por 3x1.

"Hoje, é o adversário que conta com o Nascimento. Não como o melhor jogador do mundo, mas como o técnico competente que conduziu a seleção de Palmares invicta na brilhante campanha das eliminatórias e que agora..."

Nascimento desativa o link outra vez. Não precisa ficar ouvindo essas besteiras de locutor esportivo, enchendo linguiça quando não tem nada inteligente para falar...

Decorridos sete minutos do primeiro tempo, Ngomo, o grande atacante de Palmares e artilheiro da Copa, recebe um passe cruzado da intermediária pelo ponta-direita Savimbi, mata a bola no peito, gira o corpo no interior da meia-lua, enganando o lateral Rodrigues, vira de frente para a meta brasileira, aplica um drible curto e desconcertante no zagueiro Tucão, e avança livre, chutando da marca do pênalti. Marquinhos salta mas não consegue alcançar a bola, que entra rente à trave esquerda, estufando as redes da cidadela brasileira.

Todo o banco se levanta. Nascimento observa o júbilo da torcida palmarina, as bandeiras desfraldadas tremulando, como se milhares de águias negras voejassem sobre o fundo verde de uma floresta no setor reservado aos turistas de Palmares.

– É isso aí, Nasça! Agora quero ver o desespero dos branquelos correndo atrás do prejuízo! – O técnico ouve Mzambi gritar em seu ouvido em palmarino, apesar de menos da metade dos titulares brasileiros serem realmente brancos.

Embora o português seja um dos idiomas oficiais da Primeira República, muitos sobas conservadores ainda insistem em articular exclusivamente o palmarino, sobretudo, suspira Nascimento, quando falam com um brasileiro radicado. Não se importa. Havia recebido um implante de enzimas mnemônicas com os conhecimentos básicos desse idioma há três anos, quando começou a trabalhar com a seleção de Palmares.

Nascimento sorri para o soba e acena em concordância. É sempre bom estar nas graças de João Mzambi. Ouviu dizer que ele é primo de Lady Mzambi, a angana que exerce há quase vinte anos o cargo de Primeira-Ministra de Palmares, e também de Paulo Mzambi, o Secretário de Ciências da Primeira República, atualmente em visita aos Estados Unidos.

"Não aos Estados Unidos, Nasça," Nascimento lembra da correção feita pelo soba da comissão técnica, "mas à sede da Organização das Nações Unidas, onde deverá proferir um discurso de grande importância para o futuro da humanidade."

Enquanto os jogadores brasileiros correm com a bola para o grande círculo e a nova saída é dada, o técnico lança um olhar divertido a João Mzambi. Para os palmarinos, tudo o que fazem ou dizem é de suma importância para o destino da espécie humana. Nascimento pouco se importa com discursos ou política planetária. O que lhe interessa é que o líder científico de Palmares, um autêntico fanático por futebol, está sentado agora nas tribunas de honra, entre o Presidente dos Estados Unidos Edward Tipler e o Secretário-Geral da ONU Jonathan Savimbi, tendo o Primeiro-Secretário da Confederação Mundial de Futebol Hans Neeskins apenas uma ou duas fileiras atrás de si.

Aos trinta e oito do primeiro tempo, a pressão brasileira é constante, mas a seleção de Palmares resiste bem, toca a bola com calma e categoria, e enceta contra-ataques de extremo perigo.

– Este jogo está parecendo com as guerras que travamos no passado contra o seu país, Nasça. – Comenta Mzambi num palmarino fleumático – O Brasil sempre atacando em massa, dando tudo de si, mesmo quando já não tem nada para dar...

– Esperemos, então, – replica Nascimento em português, – que o resultado final seja semelhante ao dessas guerras.

Porque tanto enquanto colônia, quando depois da independência, primeiro como Império e mais tarde, já como República no segundo quartel deste século, o Brasil jamais conquistou uma vitória militar decisiva contra a Confederação de Palmares. Apenas derrotas fragorosas, seguidas por vastas perdas de território, e algumas situações de impasse onde a paz acabou sendo assinada sem que nenhum dos lados obtivesse as vantagens claras que havia almejado no início do conflito.

O soba da comissão técnica abre um sorriso, assentindo com um gesto da cabeça.

Aos quarenta e três minutos e cinquenta segundos, após receber um lançamento em profundidade do meia Sólon, Zequinha invade a área palmarina, dribla o zagueiro Farofa mas tromba com Samanco e cai estendido no gramado. As três torcidas se erguem ululantes. O juiz britânico aponta para a marca do pênalti.

– Ah, não... Suspira Nascimento, levantando-se.

A jogada foi confusa, mas teve a impressão de lance normal. De onde está, pareceu-lhe que Samanco havia entrado na bola.

– Merda! – Exclama Mzambi, também de pé. – Isto é manha desse branquelo! Ele se atirou sozinho...

Nascimento retira do bolso da camisa um par de óculos escuros. Coloca no rosto e ativa a parte visual de seu link-satélite, um item de alta tecnologia cujo emprego civil ainda é privilégio exclusivo dos cidadãos de Palmares. Passa a receber a holotransmissão de sua rede predileta com uma resolução em muito superior à de sua vista desarmada. Observa os jogadores palmarinos cercarem o juiz para reclamar. Samanco gesticula, explicando que não havia cometido falta alguma no atacante brasileiro. Como se a explicação pudesse alterar algo. Em todos os seus anos de futebol, Nascimento jamais viu um juiz voltar atrás na marcação de uma penalidade máxima.

Murmura baixinho: "Vinte segundos."

Examina a repetição da jogada que culminou na marcação do pênalti em câmera lenta e de vários ângulos. Com o canto dos olhos percebe que Mzambi e vários reservas fazem o mesmo em seus respectivos links.

Revê o lance. Zequinha driblando Farofa, deixando o zagueiro para trás na corrida. Samanco se adiantando, fazendo carrinho. Os pés do defensor palmarino tocam primeiro na bola, realizando o corte e, logo a seguir, raspam no tornozelo direito do atacante brasileiro. Esperto, Zequinha se atira ao solo ao se perceber desarmado. Tudo muito rápido. O árbitro estava a cerca de vinte metros do lance e não dispõe de um link-satélite...

– Porra, eu não te falei, Nasça? O filho-da-puta do Zequinha se jogou sozinho! Puta-que-o-pariu! De brasileiro a gente não podia esperar outra coisa... – Mzambi parece prestes a espumar de raiva. Depois cai em si. – Me desculpa, Nasça, eu quis dizer, de branco brasileiro.

– Tudo bem. Não foi pênalti mesmo.

Ele encara a atitude de Zequinha com a naturalidade de quem já aplicara esse mesmo golpe diversas vezes em seus tempos de jogador. Se for bem feito dá certo com uma frequência surpreendente.

Falcão coloca a bola na marca de pênalti. Toma distância.

– Esse aí não perde pênalti, meu ganga. Murmura-lhe Bitonga, um reserva que joga com o centroavante brasileiro no Esporte Clube Ganga Zumba, um dos quatro grandes da região metropolitana de Salvador.

– É, tenho visto nos holos... Concorda Nascimento.

O juiz apita, autorizando a cobrança. Falcão corre para a bola e cobra sem afobação, chutando colocado no ângulo direito. Wirapuru salta para o canto correto, ainda consegue tocar a bola com a ponta dos dedos. Mesmo assim, ela acaba parando no fundo das redes.

– Pronto! Voltamos à estaca zero... – O soba da comissão técnica reclama, desanimado.

– Calma. – Nascimento tenta consolar. – Temos o segundo tempo inteiro para mudar esta situação.

Menos de um minuto depois da seleção de Palmares ter recomeçado o jogo, o árbitro aponta para o meio de campo, dando por encerrada a primeira etapa da decisão com o placar parcial de 1 x 1.

Nascimento varre o vestiário com o olhar. Todos os jogadores, titulares e reservas, reúnem-se à sua volta para as instruções do intervalo. Observa Mzambi sentar-se cauteloso numa poltrona próxima. O soba equilibra com ambas as mãos um copo atopetado de café fumegante, recém-tirado de uma máquina automática.

O técnico sabe que o dirigente mais jovem não interferirá na sua orientação aos jogadores. Depois de dois anos trabalhando juntos, os dois homens haviam desenvolvido um forte sentimento de respeito mútuo. Há entre eles uma aliança sólida e até mesmo, considera Nascimento, uma amizade sincera, não admitida facilmente por quaisquer das partes.

– Tudo bem. – Nascimento fala num tom calmo e pausado, que costuma transmitir confiança aos jogadores. – Sei que não foi pênalti.

O Zequinha se jogou dentro da área. Mas o juiz marcou, o Falcão cobrou e converteu. Faz parte do jogo. Fim de papo!

– Mas, ganga...

– Samanco, fim de papo!

– Ganga, sim – o zagueiro resmunga, mal humorado.

– O negócio é o seguinte: nesta altura, o juiz já viu a repetição da jogada em câmera lenta e confirmou a burrada que cometeu – o técnico explica com um sorriso maroto. – Até mesmo um juiz sério vai querer normalmente compensar uma injustiça desse tipo. Ele quer compensar, mesmo que não saiba que quer, vocês estão entendendo? Ainda mais esse gringo em especial, que eu já conheço de outros bois-bumbás... Vão por mim, depois do que ele fez, é só se jogar dentro da área sempre que perder a bola que, mais tempo, menos tempo, ele acaba apontando para a cal. – Nascimento faz uma pausa proposital para estudar a reação dos comandados.

– Ganga, sim! Exclamam os atacantes Ngomo e Angoma ao mesmo tempo, com sorrisos reluzentes em seus rostos negros.

– Não estou pedindo para vocês fazerem nada de ilegal, entendam bem. – Continua Nascimento. – Nada que já não tenha sido feito antes...

– Ganga, sim! Responde o time inteiro em uníssono. Os titulares olham uns para os outros e para o técnico, sorrindo francamente.

Nascimento sabe que não há preconceito ou discriminação contra ele entre os jogadores. Para seus comandados ele não é negro, cafuzo, índio ou branco, mas simplesmente Nascimento, o maior jogador de futebol de todos os tempos; um ídolo acima do bem e do mal para qualquer futebolista ou peladeiro em ambas as margens do rio São Francisco.

Não possui o mesmo status semidivino ante o pessoal da comissão técnica. Nem mesmo com Mzambi. Tampouco com os outros sobas e hierarcas palmarinos que conheceu nestes três anos de residência, ora em Subupira, em Salvador ou na Cerca Real do Macaco.

Ele é considerado negro no Brasil. Lá haveria a tradicional pátina de preconceito velado contra si, não fosse ele um grande jogador e uma celebridade mundial. As coisas sempre foram diferentes em Palmares: lá muitos o consideram mulato, alegando que ele não é de fato um negro puro. No início de seu trabalho, antes das eliminatórias, muitos cronistas esportivos chegaram a se referir a ele pejorativamente como o "branco Nascimento", da mesma forma que alguns historiadores palmarinos ainda se referem hoje em dia à famosa personagem histórica da região diamantina das Minas Gerais, figura crucial no tráfico de diamantes daquela região para a Primeira República, como "A Branca Chica da Silva"...

As vitórias da seleção conseguiram calar a boca dos detratores. Antigos desafetos na crônica esportiva de Palmares passaram das ofensas aos elogios desmedidos ao "Rolo Compressor do mago brasileiro". As charges que apareciam nos jornais começaram a representá-lo com tonalidade de pele cada vez mais escura, bem próxima à real, num sinal flagrante de sua ascensão no conceito popular da Primeira República. Ah, nada como uma série de resultados favoráveis para mudar a opinião da crítica! Depois do êxito da campanha das eliminatórias, todos pareciam venerá-lo como a um novo Jesus Negro de Subupira.

– Quanto ao mais, – continua Nascimento – temos um condicionamento físico superior ao deles. Se por acaso formos para a prorrogação, eles não vão ter a mínima chance. Araçari, aperta a marcação no Zequinha. Os ataques deles estão sendo feitos quase todos pelo seu lado e já vimos que o cara é um perigo.

– Deixa comigo, meu ganga. Responde o cafuzo que, não obstante o nome nheengatu, descende de uma tribo xavante da fronteira sudoeste com o Brasil. Nascimento observa o ar confiante do lateral, enquanto este torna a atar os longos cabelos negros num rabo-de-cavalo com sua fita colorida de palha trançada.

– Savimbi e Dias, quero ver vocês avançando com a bola até a altura da meia-lua e centrando para dentro da área deles, para o Shagga, o Angoma e o Ngomo acertarem de cabeça, combinado?

– Ganga, sim. Concordam os dois pontas.

– Bom, é isso aí. Vamos retornar ao gramado, pois temos um caneco pra ganhar. Vamos lá!

Os jogadores sobem as escadas do vestiário. Nascimento nota que Mzambi se aproxima dele por trás dos últimos retardatários em fila diante dos degraus. Ouve o sussurro do soba em seu ouvido.

– Você tem jeito com os garotos, Nasça. Se tudo correr bem, se nós levarmos a Jules Rimet em nossas malas, prometo interceder em seu favor no incidente do hino...

– Tudo bem. Concorda Nascimento. A patriotada involuntária ante a execução do hino nacional brasileiro é a última das preocupações neste momento.

Cinco minutos do segundo tempo, Brasil no ataque. Sólon lança Tico da intermediária. O atacante recebe, dribla o lateral Paulo Nhandu. O defensor tenta segurar o adversário pela camisa, mas Tico escapa e o juiz respeita a lei da vantagem. Tico invade a meia-lua, bate Farofa na corrida, Zequinha acompanha o lance três metros ao lado do ponta-de-lança e pede o passe, mas Tico chuta direto, no canto esquerdo. Wirapuru voa para fazer a defesa, espalmando para a linha de fundo.

O ponta Douglas cobra o escanteio, chuveirando sobre a área palmarina. Atacantes e defensores sobem juntos, mas a bola alcança o meia brasileiro Zeduardo, um gigante alourado tão alto quanto o arqueiro de Palmares. Zeduardo cabeceia com força, Wirapuru salta mas não alcança a bola, que acaba explodindo no travessão e saindo novamente pela linha de fundo. Tiro de meta.

Nascimento julga a partida bastante equilibrada. A cada ataque palmarino, os brasileiros respondem com um contra-ataque de igual perigo, e vice-versa. Mesmo que não saiam novos gols, as torcidas dificilmente se sentirão entediadas, quer com a qualidade do espetáculo, quer com a garra com que ambas as equipes se entregam à partida.

Cogita a hipótese de uma substituição para tornar a equipe mais ofensiva, mas reconsidera. Ainda não é hora.

"(...) UMA PARTIDA DRAMÁTICA, MEUS HOLO-AMIGOS! É LÁ E CÁ, O TEMPO TODO... BOLA AGORA COM A EQUIPE DE PALMARES, AVANÇA TEMBA, PASSA PELA LINHA QUE DIVIDE O GRAMADO, TEM SAVIMBI NA PONTA PEDINDO BOLA, TEMBA ESTICA PARA ELE. VEM SAVIMBI, O PONTA ESPERTO DA EQUIPE DE PALMARES. RODRIGUES APERTA NA MARCAÇÃO. VAI RODRIGUES! MAS SAVIMBI PASSA POR ELE, CORRE, AVANÇA PELA INTERMEDIÁRIA BRASILEIRA. TUCÃO VEM PARA O COMBATE. OLHA O ANGOMA E O NGOMO NA ÁREA... PERIGO PARA A META BRASILEIRA! CRUZOU SAVIMBI; MÁRCIO SOARES SOBE PARA CORTAR DE CABEÇA, NÃO ACHA A BOLA; SOBRA PARA ANGOMA, DOMINA A PELOTA, BOTA NO CHÃO, SOZINHO COM MARQUINHOS, VAI MARCAR... CHUTOU NO CANTO... É GOL... GOOOOOOOOL DE PALMARES! ANGOMA! NOVE NA CAMISA! ESTÃO DESFRALDADAS AS BANDEIRAS VERDE-NEGRAS... AGORA, NO ESTÁDIO KENNEDY, PALMARES 2... BRASIL, 1! ERAM DECORRIDOS, 18 MINUTOS DA ETAPA COMPLEMENTAR.

"TIVE A IMPRESSÃO DE TER HAVIDO FALHA NA DEFESA BRASILEIRA! VAMOS OUVIR A OPINIÃO DE GÉRSON, O COMENTARISTA QUE O BRASIL CONSAGROU."

Nascimento levanta do banco, como todos os demais. Os reservas se abraçam. Alguns têm os cantos dos olhos úmidos de emoção.

Agora, sim: 2 x 1!

Lembra seu ato falho na execução do hino brasileiro. Tem certeza de que se Palmares se sagrar tricampeão e levar a taça consigo na bagagem, e desta vez para sempre, o deslize será rapidamente perdoado... Ao menos na Primeira República.

Mas, e no Brasil?

A Pátria. O país que foi ensinado a amar desde a tenra idade. A terra onde nasceu e foi criado, onde reside a maior parte de seus amigos, de seus valores e onde estão todos os que ama. Brasil esse que, no entanto, abriga ainda hoje a discriminação racial contra os negros, não obstante as boas leis criadas para combater o preconceito.

Também há racismo em Palmares, só que invertido em favor dos negros. Estes são tidos como superiores na Primeira República, embora a constituição da Confederação afirme que o país é uma democracia racial e alguns índios, cafuzos e até mulatos de fato ocupem cargos políticos importantes no primeiro escalão do governo. Sabe que para muitos palmarinos conservadores ele não é negro, mas simplesmente mulato. E mesmo os que, numa concessão magnânima, admitem sua negritude absoluta, torcem o nariz por ele não possuir uma ascendência banta comprovada.

Mesmo assim, admira a cultura e os valores de Palmares. Graças aos avanços e às conquistas da Primeira República, nenhuma pessoa esclarecida julga hoje em dia que os negros sejam intrinsecamente inferiores. Os palmarinos conseguiram combater com êxito o colonialismo europeu em pleno coração da África Negra, salvando as nações africanas da miséria e elevando-as ao status de Estados modernos com seus programas de auxílio econômico mais do que generosos. Além disso, como alguém poderia deixar de admirar um povo que, independentemente de suas motivações políticas, compartilhou muitas de suas descobertas científicas com todas as outras democracias do planeta?

Desde garoto, Nascimento sempre torceu pelo Brasil, é óbvio. No futebol e em tudo mais. Afinal, é a sua pátria. Mas também sempre torceu por Palmares. Porque seus pais o educaram com a consciência de que o mundo seria um lugar muito pior para os negros, caso os palmarinos não se houvessem aliado aos holandeses do Príncipe Nassau ainda no século XVII para expulsar os luso-brasileiros do nordeste do Brasil.

Olha para o meio do campo. Os brasileiros dão nova saída e partem para o ataque.

"(...) TRINTA E CINCO DO SEGUNDO TEMPO. VAMOS LÁ BRASIL! VAMOS LÁ QUE AINDA DÁ PARA EMPATAR ESTE JOGO! O EMPATE LEVA A PARTIDA PARA A PRORROGAÇÃO. BOLA COM O BRASIL. RODRIGUES ESTICA PARA ZEDUARDO, ESSE ABRE PARA SÓLON. ELE PÁRA, OLHA PARA O LADO, TODO MUNDO MARCADO. SÓLON AVANÇA, BATE ARAÇARI NA CORRIDA, DRIBLA NHANDU E... OPA! É DERRUBADO POR TRÁS! É FALTA! FALTA PRA CARTÃO! GÉRSON?"

"DE FATO, CAMARGO. O PAULO NHANDU BATEU POR TRÁS, SEM BOLA, NO SÓLON, QUE CONTINUA CAÍDO NO GRAMADO. FALTA PARA CARTÃO, CAMARGO, SEM DÚVIDA. E OLHEM BEM, SE VIER CARTÃO, O JUIZ VAI TER QUE DAR O VERMELHO, PORQUE O NHANDU JÁ FOI ADVERTIDO COM O CARTÃO AMARELO NO PRIMEIRO TEMPO. OLHA LÁ, O JUIZ SE APROXIMA DO LANCE. BOLA CONTIGO, CAMARGO."

"OBRIGADO, GÉRSON. O ÁRBITRO INGLÊS FALA COM PAULO NHANDU, METE A MÃO NO BOLSO, VAI TIRAR O CARTÃO... VERMELHO! EXPULSO PAULO NHANDU, O NÚMERO 5 DA SELEÇÃO DE PALMARES. E AGORA, GÉRSON, VOCÊ ACHA QUE VAI SER MAIS DIFÍCIL PARA OS PALMARINOS SEGURAREM ESSA VANTAGEM NO PLACAR COM UM HOMEM A MENOS EM CAMPO?"

"CERTAMENTE, CAMARGO. É SEMPRE..."

– Merda! – Nascimento murmura entre os dentes, ao desligar mais uma vez o áudio do seu link pessoal. – Não havia necessidade alguma do Nhandu ter feito falta...

– Calma, Nasça. Nós vamos aguentar! – Nascimento fita Mzambi. Gostaria de possuir essa confiança inabalável na invencibilidade palmarina. O soba da comissão técnica acrescenta: – Vai ser como em todas as guerras que travamos contra o Império do Brasil e, depois, contra os republicanos: não importa quanta pressão brasileira nós soframos, Palmares sempre prevalece no final.

– Gostaria de compartilhar dessa sua certeza. – Nascimento olha para os cinco reservas do banco e comanda: – Kanjika, aquecimento. Você vai entrar no lugar do Shagga.

– Ganga, sim. Responde o zagueiro cafuzo, com um fulgor animado nos olhos.

Nascimento olha para o cronômetro digital no placar eletrônico do estádio. Trinta e oito minutos, vinte e três segundos, fora os descontos. Muito jogo pela frente. Pouco mais de seis minutos para o final do tempo regulamentar. Um piscar de olhos quando se está perdendo; uma eternidade quando seu time possui a vantagem no marcador. Apreensivo, o técnico observa mais um ataque brasileiro.

Falcão vence Temba na corrida, a bola dispara na frente, o ponta brasileiro galopa numa tentativa desesperada de evitar a saída pela linha de fundo. Consegue enfim dominar a bola quase em cima da linha. Volta-se em direção à meta palmarina, avança dois ou três metros e cruza para dentro da grande área. Zequinha recebe livre e bate de primeira, colocando a bola com categoria na última gaveta de Wirapuru.

O goleiro salta com uma agilidade sobre-humana, estica os braços compridos buscando a bola, conseguindo espalmá-la para escanteio. Inconformada, a torcida brasileira engole em seco o grito de gol prestes a sair da garganta.

"Uma defesa milagrosa de Wirapuru, minha gente! Esse goleiro é um fenômeno! Uma autêntica muralha humana... Não é à toa que é considerado o melhor do mundo...

"Zequinha se prepara para bater o esquinado. Cruza pra área. Tico de cabeça... Wirapuru espalma para córner. Nova cobrança para a seleção brasileira. Agora quem se prepara para cobrar é Rodrigues. O Brasil inteiro na grande área de Palmares. Pressão total do Brasil sobre a defesa palmarina. Vamos que vamos, Brasil!"

O novo escanteio é cobrado. A bola atinge o peito de Samanco e sai novamente pela linha de fundo, do lado oposto da baliza guarnecida por Wirapuru.

Zequinha ajeita a bola para cobrar o terceiro escanteio seguido. A bola vem alta e numa trajetória de efeito, fechando para dentro do gol. Tico sobe entre os zagueiros adversários e cabeceia forte para o chão. A bola atinge o joelho esquerdo de Kanjika e se desvia, engana o goleiro palmarino e vai parar mansa no fundo das redes.

– Pronto! – exclama Mzambi. – Os putos empataram! Esse bosta do Kanjika só entrou para fazer gol contra! E agora, Nasça?

Nascimento olha para o cronômetro do seu nanoprocessador de pulso e lê: 41' 38".

– Nesta altura do campeonato, – ele responde, – diante deste empate na última hora, já estou começando a achar que é mais negócio segurar o resultado até a prorrogação, onde o nosso condicionamento físico falará mais alto.

O técnico ouve um zumbido quase imperceptível vindo da direção do soba a seu lado. Mzambi leva a mão direita ao ouvido, levanta do banco, afasta-se dois passos e começa a murmurar algo num palmarino inaudível.

Nascimento sabe que só uma pessoa na Filadélfia ousaria perturbar Mzambi contatando-o em plena final via auricular implantado. Só há presentemente um homem em todo o hemisfério norte com autoridade bastante para tanto. O tal primo famoso do soba da comissão técnica, o Secretário de Ciências Paulo Mzambi.

Não consegue perceber as palavras sussurradas pelo soba, mas o tom é inequivocamente submisso. Boa coisa não deve ser...

Não deu outra.

– Nasça, o Secretário gostaria de dar uma palavrinha com você.

– Tudo bem. – Nascimento apalpa o lóbulo da orelha direita, ativando o seu próprio auricular. Um microfone diminuto implantado na laringe conduz o som de sua voz até o interlocutor sentado nas tribunas de honra. – Boa tarde, excelência.

"Boa tarde, Ganga Nascimento. Pode falar em português." – Nascimento escutou a pronúncia perfeita do Secretário neste idioma. – "Serei muito breve: é de extrema importância política que Palmares vença este jogo. Temos que levar a Taça Jules Rimet conosco para casa, o ganga está me entendendo?"

– Perfeitamente, excelência.

"Muito bem. Empregue todos os recursos que julgar necessário para conquistar esta vitória na prorrogação, compreendeu? Todos os recursos! É o prestígio da pátria que está em jogo, da mesma pátria à qual o Ganga solicitou cidadania plena meses atrás, não é verdade?"

– Exato, excelência. Compreendo perfeitamente nossa situação.

"Estou certo de que compreende. Ao trabalho, então. Desligo."

Nascimento ouve o zumbido indicativo de comunicação desativada no outro lado da linha. Lembra-se do processo de dupla nacionalidade, cuja decisão ainda está pendente. Julga bastante significativo que Paulo Mzambi tenha trazido o assunto à baila neste justo momento.

"Palmares no ataque. Bola com Savimbi, ele corre, passa por Rodrigues, avança, pode cruzar, mas não quer, avança

MAIS; PERIGO PARA O BRASIL; VEM TUCÃO PARA O COMBATE; SAVIMBI PÁRA, AMEAÇA, JOGA A BOLA POR ENTRE AS PERNAS DE TUCÃO, MEUS SENHORES! É PERIGO PARA A META DE MARQUINHOS... SAVIMBI CRUZA; A BOLA É PARA NGOMO, ELE PODE CHUTAR. SOBE LUIZINHO E... DESARMA A JOGADA! NGOMO CAI DENTRO DA ÁREA, MAS NÃO FOI NADA... OS JOGADORES DE PALMARES RECLAMAM E... O JUIZ... O JUIZ MARCA PÊNALTI?! O QUE É QUE É ISTO, MINHA GENTE? NÃO HOUVE PÊNALTI NENHUM, SEU JUIZ! O NGOMO CAIU DE MADURO! PENALIDADE MÁXIMA CONTRA O BRASIL, AOS 43 MINUTOS DA ETAPA FINAL! UM ABSURDO! GÉRSON?"

"UMA AUTÊNTICA ROUBALHEIRA, CAMARGO! O ÁRBITRO ESTÁ QUERENDO COMPENSAR O PÊNALTI MARCADO A FAVOR DO BRASIL NO PRIMEIRO TEMPO COM ESTE PRESENTÃO, DADO PARA A SELEÇÃO DE PALMARES A DOIS MINUTOS DO FINAL DO JOGO. ALGUÉM DEVE ESTAR GANHANDO MILHARES DE ZUMBIS COM ISTO, NÉ CAMARGO?"

"PÕE MILHARES DE ZUMBIS NISTO, GÉRSON!

"QUERIDOS HOLOESPECTADORES AÍ NO BRASIL, A NOSSA SELEÇÃO ENFRENTA UM MOMENTO DRAMÁTICO AQUI NO ESTÁDIO KENNEDY NA FILADÉLFIA. OS JOGADORES BRASILEIROS CERCAM O JUIZ. CARTÃO AMARELO PARA O CAPITÃO SÓLON. DESESPERADO, O TÉCNICO JOÃO SALDANHA FILHO SE ERGUE DO BANCO, XINGA O ÁRBITRO E ESBRAVEJA CONTRA A TORCIDA DE PALMARES QUE JÁ COMEÇA A GRITAR 'É CAMPEÃO!' A COISA TÁ PRETA PARA O BRASIL, MEUS SENHORES. NGOMO SE PREPARA PARA COBRAR. O ARTILHEIRO NÃO COSTUMA PERDER PÊNALTIS..."

– Nasça, você é um gênio! – explode Mzambi satisfeito, dando um tapinha nas costas do homem mais velho. – Você previu que isto podia acontecer. Ngomo seguiu suas instruções e agora a taça é nossa!

– Vamos esperar o juiz apitar o final do jogo antes de comemorar...

O soba dá de ombros sem tirar o sorriso dos lábios.

Nascimento observa o camisa 10 da seleção correr para a bola, tranquilo. O mesmo número que costumava usar quando defendia as cores da seleção e do Visconde de Caxias. Percebe que o chute vai sair alto e colocado, sem defesa, mesmo que o goleiro consiga saltar no canto certo.

As três torcidas fazem silêncio absoluto.

Ngomo cobra com categoria. O chute sai ao mesmo tempo forte e bem colocado. Marquinhos salta para o lado errado. A bola se dirige para o ângulo.

O olho clínico de Nascimento lhe diz que a trajetória está um pouco alta demais. Mas vai entrar... Tem que entrar!

A bola atinge o lado interno do travessão, de baixo para cima, e ricocheteia para o solo, atingindo o gramado em cima da linha de gol.

Palmarinos e brasileiros correm para a bola, mas esta rola em direção de Marquinhos, que tenta se levantar. Antes que atacantes ou defensores possam atingir a pequena área, o goleiro salta desajeitado sobre a bola, abraçando-se a ela com a paixão de um amante saudoso.

As torcidas urram ululantes. A palmarina grita "Gol!", enquanto a brasileira e a americana começam a berrar o nome do goleiro do Brasil.

– Merda, merda, merda! – repete Mzambi com as mãos na cabeça. – Estamos vivendo um pesadelo! Isto não pode estar acontecendo! Ngomo nunca perdeu um pênalti...

Nascimento olha para ele mas não responde ao soba. Seus jogadores cercam o juiz pedindo o gol. O capitão Angoma aponta para o grande círculo. O árbitro faz que não com o indicador. Consulta o bandeirinha. Este aponta para a meta de Marquinhos. O árbitro reitera a decisão, deixando palmarinos inconformados e brasileiros jubilosos.

Finalmente, o juiz dispersa o tumulto distribuindo cartões amarelos para Angoma e Liyongo Dias, consulta o seu cronômetro e apita, ordenando que a bola, ainda com Marquinhos, fosse reposta em jogo.

– Tudo bem, – Nascimento fala, mais para si mesmo do que para o soba a seu lado, – na prorrogação a gente leva o caneco.

– Acho bom mesmo! – Mzambi responde, irritado.

"... QUARENTA E SETE DA ETAPA FINAL, DOIS MINUTOS ALÉM DO TEMPO REGULAMENTAR, 2 X 2 NO PLACAR DO ESTÁDIO KENNEDY. PALMARES NO ATAQUE. SAVIMBI ARRANCA PELA PONTA, RODRIGUES VEM PARA O COMBATE, SAVIMBI PASSA PELO LATERAL, AVANÇA COM PERIGO PELA INTERMEDIÁRIA BRASILEIRA, TOCA PARA DIAS PELO MEIO, DIAS MATA NO PEITO, PARA A BOLA, TEM NGOMO LIVRE NA MEIA-LUA. LANÇA PARA O ARTILHEIRO, NGOMO CONTROLA A PELOTA, DRIBLA TUCÃO, BATE NO CANTO... MARQUINHOS! É CÓRNER! UMA DEFESA ESPETACULAR DE MARQUINHOS ESPALMANDO PARA A LINHA DE FUNDO. CHEIO DE MORAL, O GOLEIRÃO DO BRASIL. TIRO DE CANTO PARA A SELEÇÃO DE PALMARES. E O BRASIL VAI SUPORTANDO COMO PODE ESSA PRESSÃO TREMENDA DAS FERAS DO NASCIMENTO... UMA BARRA, NÃO É, GÉRSON?"

"EXATO, CAMARGO. O GRANDE NEGÓCIO AGORA PARA AS DUAS EQUIPES É NÃO ARRISCAR E LEVAR A PARTIDA PARA A PRORROGAÇÃO."

Nascimento gesticula para o time ir todo para o ataque. Atacantes e defensores palmarinos estão dentro da área brasileira, esperando que Savimbi efetue a cobrança do escanteio. Todos os brasileiros se comprimem na marcação dos adversários. Até os atacantes brasileiros circulam na grande área e na meia-lua, auxiliando o trabalho da defesa.

Somente o zagueiro Farofa permanece no grande círculo e, é lógico, Wirapuru, afastado de sua meta, esfregando as grandes mãos enluvadas uma contra a outra, num gesto característico, em plena meia-lua do seu campo de defesa.

Savimbi cobra curto para Liyongo Dias e corre para a linha lateral da grande área. Dias devolve para Savimbi, iludindo a marcação de Rodrigues. Savimbi domina e cruza para a meia-lua. A bola vai descendo na medida para Angoma, mas o atacante está de costas para a meta brasileira. A marcação aperta; não há tempo para se virar. Então, num lance de gênio, Angoma dá uma meia bicicleta, acertando um tiro de canhota e mandando a bola na última gaveta de Marquinhos. Bem colocado, o arqueiro brasileiro sobe e agarra, descendo com a bola encaixada no peito.

A grande jogada do centroavante palmarino faz Nascimento lembrar outra parecida, na final da Libertadores de 1969, quando marcou de bicicleta o gol da vitória do Visconde de Caxias sobre a equipe holandesa do Nassau de Recife.

O técnico observa o goleiro adversário repor a bola em jogo com um chute para frente. Ela aterrissa em cima do meia Sólon, na altura da intermediária brasileira. Ele mata a bola no chão, avança alguns metros em direção ao campo adversário. Olha em volta, à procura de um companheiro de ataque ao qual pudesse fazer um de seus temíveis lançamentos em profundidade.

Sólon não vê ninguém. É o homem mais avançado de uma equipe acuada na defesa. Então, ainda correndo com a bola, já quase na altura da linha de meio-campo, repara na posição avançada de Wirapuru.

Sem alternativa de jogada, o armador brasileiro chuta do interior do grande círculo, ainda em seu próprio campo. A bola sobe, o estádio se queda em silêncio para observar a trajetória.

Nascimento berra, mas o grito sai rouco. Mzambi se levanta, boquiaberto, sem acreditar no que está presenciando.

Wirapuru olha para o alto, vê a bola se aproximando, abre a boca, pasmo de espanto, então cerra os punhos, assustado. Volta-se para sua própria meta e inicia uma corrida a passos largos, recuando para o arco desguarnecido.

A bola começa a descer. Passa metros acima da cabeça do goleiro, que dispara em desespero para a pequena área.

Nascimento observa todo o lance como se este transcorresse em câmera lenta.

Wirapuru galopando como um puro-sangue, as passadas largas, os músculos tensos, os tendões do pescoço distendidos, prestes a se romper; a cabeça voltada para trás, tentando encontrar uma bola que já estava muito à sua frente.

A bola chegando ao fim de sua trajetória. Nascimento se lembra do quão bom Sólon costumava ser nos lançamentos em profundidade. E se lembra também da lenda que afirma ser o meia brasileiro capaz de fazer a bola descer sobre um lenço aberto depois de um lançamento de setenta e poucos metros de distância...

A bola aterrissa em cheio na meta de Wirapuru, atingindo o gramado cerca de um palmo antes da linha de gol. A pelota quica para o alto e estufa as redes de Palmares.

O estádio permanece mudo. As torcidas não acreditam no lance que acabaram de presenciar. Os jogadores palmarinos param de correr em direção ao seu próprio campo, muitos colocam as mãos na cabeça, a consternação se encontra expressa nos semblantes de todos.

Os jogadores brasileiros também parecem incrédulos, mas seus olhos brilham de felicidade. Vários deles gritam o nome de Sólon. A torcida brasileira enfim desperta e começa a gritar de forma alucinada, logo acompanhada pela americana: "É campeão! É campeão!"

Nascimento olha para as arquibancadas. Um mar azul se desfralda na torcida brasileira. Um mar azul cobalto brilha com estrelas amarelas em seu interior. Sente um arrepio estranho de emoção dentro de si, um contentamento inoportuno, mas muito forte e agradável, como se estivesse satisfeito com a vitória brasileira, praticamente assegurada.

Sempre teve vontade de marcar um gol daqueles. Uma vez, quando jogava pela seleção na Copa do México, quase conseguiu... Quase...

É quase como se estivesse, de algum modo, feliz pelo gol de Sólon. Afinal, foi ele quem descobriu o garoto, então um juvenil no Visconde de Caxias, durante seu primeiro emprego como técnico.

Os brasileiros correm para Sólon, que é abraçado, beijado e erguido do chão por seus companheiros, sendo carregado em triunfo para fora do grande círculo.

Lágrimas molham as faces de vários jogadores brasileiros. A maioria dos palmarinos cerra os maxilares, esforçando-se para não chorar. Quase todos conseguem se controlar, menos Wirapuru que, chorando como criança, retira a bola do fundo das redes, chutando--a em direção ao grande círculo, para que a nova saída pudesse ser dada sem demora.

"Um golaço! Um gol de placa! Sólon, oito na camisa! Sólon, o salvador da pátria brasileira. Agora, no placar, Brasil 3, Palmares 2... Festa auri-azul no Estádio Kennedy! É o Brasil a um fio de cabelo do tricampeonato mundial e da posse definitiva da Taça Jules Rimet. Não adianta chorar, Wirapuru! A nêga tá lá dentro!"

A saída é dada. Liyongo Dias estica para Angoma, este toca para Ngomo, mas vem Douglas e isola de qualquer maneira pela linha de lado.

Desesperado, Temba corre para pegar a bola. Cobra o lateral. A bola cai nos pés de Savimbi, ele arranca, passa por Rodrigues, mas Luizinho aperta na marcação, estoura com o ponta palmarino e a bola acaba saindo. O bandeira dá lateral para o Brasil.

O próprio Luizinho cobra para Zequinha. O ponta avança, passa por Kanjika, atrasa no meio para Falcão, este recua para Sólon. O autor do terceiro gol toca de lado para Tico. O atacante avança. As torcidas brasileira e americana urram de entusiasmo. O árbitro consulta o seu cronômetro. Tico tabela com Zequinha. O ponta passa a bola para Douglas... Nascimento ouve o apito do juiz e o observa apontar com os dois braços em paralelo para o meio do campo.

"Terminada a peleja! Esta foi sem dúvida a final mais disputada e emocionante de todas as copas, meus queridos holoamigos. E agora, não tem mais pra ninguém! Agora, o Brasil é tricampeão mundial de futebol! Fala você, Gérson."

"Agora nós podemos gritar: é campeão! Quem grita por último, grita melhor, meus senhores!"

– Olha aqui, Nasça, – o tom triste e sincero de Mzambi ecoa nas paredes do vestiário, – sei que você fez o melhor trabalho possível. Sou capaz de testemunhar a teu favor ante a própria Primeira Angana. Esse gol maluco lá do meio da rua foi uma fatalidade... Nem Zumbi o Grande podia ter impedido uma coisa dessas. Mas, depois de conversar com o Secretário, concluí não ser de todo aconselhável o teu pronto regresso a Palmares... Pelo menos, não durante as próximas semanas.

Nascimento fita o soba. Tenta não soar irônico ao responder: – Sei...

– É só por uns tempos. Só até a opinião pública e a imprensa esquecerem um pouco o assunto. Olha, o Secretário te ofereceu a residência pessoal dele no Protetorado do Haiti. Você toma o próximo estratosférico para lá, os nossos agentes te buscam no Estratoporto L'Ouverture e te levam para a mansãozinha do Secretário nos subúrbios de Port-au-Prince. Lá você vai poder descansar do estresse dessas últimas semanas, relaxar, comer e dormir direito. E aí, o que você acha?

– Agradeço muitíssimo o convite, João. Mas, sabe como é, nem falar crioulo eu sei.

– Ah, Nasça, deixa de bobagem. Esquece o crioulo. O palmarino e o português são os idiomas oficiais do Haiti, como se dá em todos os territórios ultramarinos da Confederação.

Nascimento pensa em si próprio de molho nas águas tépidas do Caribe, curtindo férias mais do que merecidas no vasto balneário em que a rica ilha de Hispaniola se tornou desde o início do século para os turistas abastados de Palmares e dos Estados Unidos. Um sonho de consumo quase inatingível para a grande maioria dos brasileiros... Seria ótimo poder se afastar um pouco das pressões do cargo de técnico da seleção de Palmares, das críticas da imprensa e dos seus detratores prediletos. Com a derrota, eles terão um prato cheio! No entanto, jamais se sentiu confortável com a ideia de "correr do pau". Tanto no futebol quanto na vida, aquele nunca foi o seu estilo.

– Um instante. Nascimento fala ao ouvir o zumbido de chamada do seu auricular. Faz um gesto de desculpas ao soba, dando a entender que irá aceitar a ligação.

Deve ser o próprio Secretário de Ciências Paulo Mzambi.

– Pronto. Nascimento.

– Era o Secretário, não era? Pelo que ouvi, você acabou por aceitar o convite para passar uma temporada de férias em Port-au-Prince.

– Era o Secretário. Mas não o teu primo. Era Hans Neeskins, o Primeiro-Secretário da CMF...

– Ué? O que é que ele queria contigo?

– Fazer um convite. Disse que pretendia deixar para daqui a uns dois meses, mas que, diante das circunstâncias, decidiu antecipar. Quer que eu assuma o comando permanente da seleção da América do Sul e comece a treiná-la a partir da semana que vem para o Intercontinental de 88 em Lisboa.

– Porra, Nasça! E você aceitou! E nós? E o nosso trabalho? Daqui a dois anos teremos as Olimpíadas e a Copa América de Seleções...

– Aceitei, sim. E não adianta discutir. Herr Doktor já acertou direto com o Secretário de Ciências. Estou liberado. É definitivo, João. E quanto à seleção, tenho confiança de que você se encontra plenamente qualificado para dar prosseguimento ao nosso bom trabalho...

Como poderia sequer cogitar a recusa?

Sente-se inteiramente empolgado com a ideia de comandar aquele que já imagina como o melhor time de futebol de todos os tempos. Uma seleção que contará ao mesmo tempo com Wirapuru no gol; o uruguaio López e Van Helsing, o holandês de Recife, na zaga; Sólon e o argentino Dieguez na armação; e Falcão, Angoma, Ngomo e Zequinha no ataque...

Meu Bom Jesus de Subupira! Não vai ter para ninguém! Já pode até visualizar o Sólon acertando aqueles lançamentos em profundidade de setenta metros nos pés do Angoma ou na cabeça do Ngomo... Deus do Céu! Chega a ter pena do goleiro e dos beques adversários...

BRASIL: 3 – MARQUINHOS, MÁRCIO SOARES, TUCÃO, RODRIGUES, LUIZINHO, ZEDUARDO, DOUGLAS, SÓLON, FALCÃO, TICO E ZEQUINHA. TÉCNICO: JOÃO SALDANHA FILHO.

PALMARES: 2 – WIRAPURU, FAROFA, SAMANCO, ARAÇARI, PAULO NHANDU, TEMBA, SHAGGA (KANJIKA), SAVIMBI, LIYONGO DIAS, ANGOMA E NGOMO. TÉCNICO: NASCIMENTO DOS SANTOS.

GOLS – 1º TEMPO: NGOMO (7'); FALCÃO (45') {PÊNALTI}. 2º TEMPO: ANGOMA (18'); TICO (41') E SÓLON (48').

JUIZ: CHRISTOPHER PRIEST (INGLATERRA)

CARTÕES AMARELOS: SAMANCO; PAULO NHANDU; ANGOMA E LIYONGO DIAS (PALMARES); TUCÃO; RODRIGUES E SÓLON (BRASIL).

CARTÃO VERMELHO: PAULO NHANDU.

Copas do Mundo Alternativas

ano:	país-sede:	campeão:	vice-campeão:
1930	Uruguai	Uruguai	Argentina
1934	Itália	Itália	PALMARES
1938	França	Itália	BRASIL
1942	Palmares	PALMARES	Itália
1946	Alemanha	Alemanha	PALMARES
1950	Brasil	Uruguai	BRASIL
1954	Suíça	Hungria	Alemanha
1958	Suécia	BRASIL	PALMARES
1962	Chile	PALMARES	BRASIL
1966	Inglaterra	Inglaterra	PALMARES
1970	México	BRASIL	Itália
1974	Rússia	Holanda	Rússia
1978	Argentina	Argentina	Holanda
1982	Espanha	Alemanha	BRASIL
1986	E.U.A.	BRASIL [*]	PALMARES
1990	Japão	Alemanha	Argentina
1994	Portugal	BRASIL	Noruega
1998	Quênia	PALMARES	Nigéria

* Conquista definitiva da Taça Jules Rimet pelo BRASIL.

2010 - O ANO EM QUE FAREMOS CONTRATO

Fábio Fernandes

Ah, você quer uma entrevista? Para uma biografia? Ah, não é biografia, é só um perfil? Sei.

Você quer mesmo é saber como é que foi a história do contrato com os alienígenas? Mas isso é história antiga, tudo quanto é jornal já publicou isso há muito tempo. Aliás, eu já abandonei o futebol desde aquela época, já tem uns doze anos. Quatorze? Tem certeza? Pois é, pra você ver como o tempo passa.

Enfim. Não, tudo bem. Já contei essa história oitocentas vezes, mas conto de novo. Não tenho muito o que fazer mesmo. Tudo bom e nada presta. O quê? Essa foi boa? O que é isso, essa é velha. Escuta, você quer ou não quer a entrevista?

Ok. Bom, o começo da história eu nem preciso dizer. Como? Preciso? Ah, você quer que eu diga com minhas próprias palavras? Certo.

Pra mim o pior foi os saranaii terem chegado à Terra em ano de Copa do Mundo. Eu não tinha tempo pra nada, a gente estava a poucos meses do campeonato, o país inteiro estava me cobrando o hepta, aquela tortura psicológica toda. Aí os alienígenas vêm e me resolvem aparecer assim! Claro que o mundo inteiro parou. Eu também: de repente foi aquela agitação, ninguém mais falava em nada que não fossem os visitantes, foi um deus-nos-acuda.

Mas a grande surpresa foi saber que eles falavam perfeitamente o inglês. E o francês. E o japonês, o russo, o chinês, o espanhol... Até o português eles falavam!

Isso, depois nos explicaram, foi o resultado de décadas de transmissões de rádio e televisão. Porque as ondas se propagam para o espaço exterior, veja você. Até então eu não sabia disso. E a raça dos saranaii um dia começou a captar as transmissões, estudou tudo, aprendeu nossos idiomas... e ficou fã de novela e futebol.

Essa se tivessem me contado eu não acreditava. Os diabos dos sujeitos gostavam de ver a programação da Terra. E começaram a aprender nossos hábitos e costumes. E, quando sentiram que a gente já estava começando a entrar num período de amadurecimento, vieram finalmente fazer contato conosco.

Foram dias felizes. Lembra? Pois é, eu até que acabei gostando no fim das contas: deu pra descansar e a gente começou a ficar aliviado, depois de perceber que eles não queriam nos invadir nem nos destruir, só fazer amizade e oferecer um lugar junto à Comunidade Galática, ou seja lá o nome que dão àquilo do que eles fazem parte. Você sabe, aquele negócio de paz e harmonia entre as espécies. Enfim.

Só não haviam nos contado uma coisa. Ou pelo menos não haviam contado para mim. Numa madrugada daquelas, o telefone do meu quarto na concentração tocou e eu atendi.

– Renê? – uma voz meio italianada perguntou do outro lado. – É Torelli.

Renato Torelli. Porra, o que é que o presidente da Fifa queria comigo às três da manhã? Três da manhã no Brasil, melhor dizendo, porque onde ele morava, em Genebra, já eram oito, e ele não estava nem aí para o meu sono: nem me deixou perguntar o que ele queria, foi direto ao ponto.

– Os saranaii acabaram de entregar aqui em Genebra a lista de requisitos para o intercâmbio de tecnologia. E você está nela.

Bom, pra começo de conversa, requisito de um povo cuja nave-mãe era metade da cidade do Rio de Janeiro não era requisito, era uma ordem. Pulei da cama com os olhos arregalados e uma pontada no peito.

– Como é que é? – perguntei.

– Isso que você ouviu. Um dos requisitos é uma partida de futebol entre a seleção deles e a seleção da Terra. E o técnico escolhido foi você. Pega o primeiro avião e vem pra cá agora.

Claro que os requisitos não se limitavam ao futebol,isso seria uma bobagem imensa. Mas quase todos tinham a ver com arte. E tinha até um relativo à religião: eles queriam uma audiência com todos os líderes religiosos do mundo. Os jornais publicaram a lista: eram mais de sessenta requisitos.

Depois fiquei sabendo que eu não estava exatamente na lista dos alienígenas. O requisito deles dizia que o melhor técnico do mundo deveria ser convocado para dirigir a nossa seleção. A tarefa coube a mim por ter sido o técnico campeão da última Copa, sem contar com o voto quase unânime de público e imprensa: nem sempre o vencedor é o melhor, mas nesse caso, você me desculpe a falta de modéstia, foi. E eu tinha que fazer jus à tarefa que havia caído em minhas mãos..

Para mim caíram nas mãos, mas era nos pés que eu tinha que confiar. Nos pés de onze mais reservas. E quando eu digo que eram os pés de onze, não estou mentindo: o bósnio Mikhail Florescu era a maior revelação no gol desde Yashin. Não entrava uma na rede do desgraçado, sem contar com o fato de que ele próprio fizera três gols na copa da Europa daquele ano. Nenhum de pênalti, todos disputados com os demais jogadores na grande área. A camisa um já era dele.

Quanto às outras, eu já tinha uma noção muito boa de quem ia vesti-las. Ronaldão, por exemplo, também era outro que já estava garantido: o físico do sujeito estava perfeito para um jogador recém-entrado na casa dos trinta. Sem contar Van Houten, um dos maiores cabeças-de-área que eu já vi na vida, e Bourdieu, um atacante magricela francês que corre o campo de ponta a ponta mais rápido que Telê Santana no Fluminense na década de cinquenta, e olha que o Fio de Esperança corria pra danar! A maioria do time, claro, pela lógica teria de ser egressa da seleção brasileira que ganhou o hexa comigo em 2006, mas aí era que a porca torcia o rabo! Havia muita coisa a considerar, para começar o fato de que a seleção deveria ser mais equilibrada em termos de número de países do que em qualidade de jogo. Não era assim ir escolhendo à minha vontade: essa convocação era uma questão política, e eu ia ter que quebrar muito o pau com o Torelli e a Comissão Especial da ONU encarregada do contato com os saranaii para fazer valer minhas ideias. Nem dormi no avião.

O primeiro contato a gente nunca esquece. Rapaz, eu nunca tinha visto um saranaii em carne e osso - não era como hoje, com esse bando de turistas de Eridani, Modanken, Dama Rigel enchendo o saco de todo mundo na rua, nem dá pra andar sossegado. Não, naquele tempo a gente só tinha notícias deles pela televisão.

Mas quando eu entrei na sala do Presidente da Fifa e vi o sujeito...

Bom, sujeito é força de expressão. A criatura era igualzinha a que eu via quando era rapaz nos filmes: baixinho, fino que nem um graveto, sem pelo nenhum no corpo e com um cabeção que era o dobro do normal. Não vou nunca esquecer as primeiras palavras que ele disse ao me estender aquela mão esquisita de três dedos:

– Alô, você!

Lembra desse locutor? Não? É, eu soube que ele deixou a televisão e foi para Aldebarã ajudar na instalação de uma emissora de TV numa colônia saranaii. Mas essa é uma outra história.

O negócio é que na hora eu tomei um susto desgraçado. Eu já sabia que eles se comunicavam conosco utilizando em grande parte o jargão da área das pessoas com quem conversam, mas na prática a teoria é outra. Apertei a mão do sujeito (ou sujeita? Até hoje não sei), um pouco fria mas muito lisa, quase escorregadia, nem tive coragem de usar muita força, parecia que ela ia se quebrar.

Torelli fez as apresentações. O nome do saranaii era impronunciável, mas ele foi apresentado por sua função: Controlador.

– É o equivalente a um técnico desportivo – disse o alienígena, com menos estardalhaço, mas ainda com o timbre de um locutor.

– A data já foi marcada, Renê – cortou Torelli, sutil como um elefante.

O que é elefante? Elefante é um animal extinto. Bom, extinto não é bem o termo. Parece que os saranaii levaram os últimos para uma colônia.

Enfim, continuando: perguntei a data, o homem respondeu:

– Domingo.

Detalhe: estávamos na terça.

– Mas eu ainda nem escolhi o time, Torelli! – argumentei. Tudo bem que eu sabia das dificuldades políticas, mas aquilo também era ridículo.

– Nós preparamos três listas para você escolher os vinte e dois. – Uma secretária lourinha me entregou uma pasta com o logotipo da Fifa. Peguei e abri. Num relance localizei os nomes de Florescu e Van Houten. Nada de Ronaldão. – Você tem até as oito da noite para selecionar o time, já estão todos de sobreaviso.

– E onde vai ser a partida? – perguntei.

– Bom, no começo sugeriram improvisar um campo na estação espacial americana, mas não há como gerar gravidade artificial por tempo suficiente para um jogo. Nosso time não teria a menor chance. Os embaixadores saranaii foram muito gentis em nos permitir a primazia de escolher um campo na Terra. Vamos jogar no estádio do Kashima Antlers, no Japão.

Naquele instante eu só pensei: mas esse pessoal é muito otário! Perderam a chance de se fazer em cima de nós jogando dentro da nave-mãe com gravidade reduzida. Mas mesmo assim senti remorso.

– Os senhores vão jogar conosco aqui, com a nossa gravidade? – perguntei ao Controlador.

– Quê que isso, garotinho! – respondeu o alienígena baixinho. – Pingou na grande área, deixa que a gente chuta! Se derrubar é pênalti! – e deu aquele sorrisinho enigmático.

Parece idiota esse negócio de eles falarem igual a locutores de rádio e TV, não é? É, é idiota mesmo. Só que eles acham a maneira mais fácil de se comunicar conosco. Para começar, porque ninguém entende direito o idioma deles: tradutores de todo o mundo estão fazendo um pool pela Internet para tentar decifrar os estranhos caracteres. Dizem uns que a linguagem dos saranaii é cifrada, cheia de mensagens ocultas, metáforas, tal e coisa. Não sei, nunca fui muito bom em português, e olha que para a minha seleção eu era um Camões.

De qualquer forma, fiquei na dúvida. O camarada podia estar querendo dizer pra gente pegar leve. Aí eu pensei: se é pra pegar leve, pra que é que a gente vai jogar? Tudo bem que eu sou adepto do futebol-arte – porrada pra mim não tem vez em campo – mas ia ser impossível chegar junto na bola e não quebrar aqueles cambitos finos em cinco lugares, no mínimo.

– Cavalheiro – seria cavalheiro mesmo? Não sei por que, mas eu achava que estava falando com um homem, apesar de não ter nada que me provasse nem desprovasse isso – me perdoe a franqueza, mas acho que não vai dar.

Então o alienígena fez algo que eu não esperava.

Me deu um tapinha nas costas, tirou duas sobrancelhas enormes não sei de onde – que em todas as fotos e tapes que eu tinha visto os saranaii tinham o rosto sem pelos, e ele não era exceção – e arqueou-as duas vezes seguidas para mim.

– No gramado é que a bola vai rolar! É ripa na chulipa e pimba na gorduchinha!

Não é que o alienígena tinha acabado de me dar uma bela duma sacaneada? E foi embora. Me deixando com a maior cara de tacho.

Não preciso nem dizer que eu me senti um débil mental. Veja bem, eu realmente não tive uma grande educação. Acabei me formando em Educação Física por falta de opção, não levava o menor jeito para Direito ou Medicina. A carreira de jogador foi satisfatória, não tenho do que me queixar, o Fluminense ganhou um tricampeonato no Brasileirão no começo do século e eu fazia parte do time.

Agora, que eu sabia muito mais que aquela nova geração, isso eu sabia. Entre outras coisas – o português não conta, que isso eu já nem discuto mais – eu sabia também que porrada não adiantava, mas conversa também não. Só a malandragem salvava. Malandragem honesta, bem entendido.

O quê? Contradição? Não, de jeito nenhum. Uma coisa não exclui a outra. Nunca em minha vida aceitei qualquer soma em dinheiro pra fazer corpo mole num jogo ou pra levar um time dirigido por mim à vitória ou à derrota: isso é entre mim e os jogadores, nem os dirigentes metem o bedelho.

Mas naquele caso eu ia ter que usar de algum expediente para evitar o pior.

Porque, pra piorar, assim que o saranaii saiu da sala Torelli chegou perto de mim e disse:

– Esquece as três listas. Os jogadores já foram escolhidos e chamados, já estão todos vindo pra cá.

– Como é que é? – comecei a me emputecer.

– Não adianta fazer cara feia, Renê. Esse jogo é muito importante pra ficar tudo na sua mão. Não se preocupe que metade da sua seleção está dentro. Mas nós passamos os últimos três dias praticamente sem dormir, teve dirigente que saiu na porrada pra colocar seus jogadores.

– Belo exemplo de democracia o mundo está dando aos visitantes, hein?

Aí o Torelli soltou a frase que melhor define o nosso povo:

– Isto aqui não tem nada a ver com democracia, Renê. Isto aqui é um jogo.

Ah, você quer saber como foi o jogo? Eu já ia chegar lá. Pra começar, não pensei sequer em dar uma preleção para o time, primeiro porque ninguém sabe mais o que quer dizer preleção, e segundo porque também ninguém entenderia o que eu tenho a dizer – e olhem que eu falo inglês e espanhol, e até arranho um francês. Metade do time mundial era de brasileiros: também, com o Brasil ganhando todas as copas desde 1994 – tudo bem, a de 2002 quem ganhou foi Camarões, mas todo mundo sabe que o juiz da final foi comprado – o time votado pelas confederações esportivas com o apoio dos torcedores só podia ser esse mesmo. Ótimo, nada contra, até porque eu também sou brasileiro. Mas seria bom se eles entendessem português. Sim, porque o que eles falam não é português nem aqui nem na casa do cacete. Enfim, eu já tinha desistido de me comunicar racionalmente há muito tempo: apenas desejei um bom jogo e mandei subirem para o campo. Eles gritaram a saudação ritual – "Faleu!" – deram tapinhas na bunda um do outro (o que é que eu podia fazer?), e subiram. Eu fui logo atrás.

O estádio estava lotado. Dezenas de milhares de japoneses fazendo uma festa danada, sem o menor indício de tumulto ou baderna, o que era exatamente aquilo que a Fifa queria. Eu cheguei a perguntar ao Torelli por que é que não escolheram o Maracanã. Afinal, pode não ser mais o maior estádio do mundo (os Estados Unidos e a Coreia já superaram esse recorde há algum tempo), mas tem todo um histórico que inclusive os saranaii conhecem muito bem. Torelli me chamou de maluco e disse que não ia de jeito nenhum levar os saranaii para jogar para um bando de crioulos ensandecidos. Nazista filho da puta.

O que é nazista? Porra, já esqueceram o que é isso? É, estamos bem servidos. Esquece, meu filho, vai consultar os arquivos da tua revista depois.

Bom, além dos japoneses ensandecidos – mas com muita educação, é claro – a partida obviamente ia ser transmitida para todo o mundo. Os saranaii, naturalmente, negociaram o direito de transmissão para os mundos deles. A equipe de filmagem deles estava do outro lado do gramado. Por incrível que pareça, as câmeras deles eram muito semelhantes às nossas – dos anos cinquenta. Um cinegrafista da nossa equipe me explicou que aquilo era mais uma questão estética do que necessidade prática: afinal, embora os saranaii já lidassem com transmissão de dados há séculos, só com nossas transmissões eles descobriram a televisão da forma como nós a conhecemos. Parece que somos a única espécie conhecida da galáxia que possui essa tecnologia. Ou éramos, porque esse pessoal a essa altura já vendeu tudo para outras raças da galáxia, que eles eram tudo menos bestas. Porque a história do jogo você certamente conhece, eu não preciso nem contar.

Como? Ah, você sabe, mas quer que eu conte assim mesmo? Com as minhas próprias palavras?

Bom, eu sei que os saranaii não são idiotas porque aí eles adentraram o gramado. Mas não se pareciam nem um pouco com os saranaii. Altos – cerca de um metro e noventa, todos carecas (eu até pensei, porra, meus amigos, vocês tão atrasados, essa moda da seleção raspar a cabeça foi no século passado). Mas foi só forçar um pouquinho a vista para perceber que não era nada disso.

Os sujeitos não eram alienígenas. Eram humanos, ou pelo menos eram parecidíssimos com humanos, com um detalhe: era um a cara do outro! Todos iguaizinhos!

Agora, eu vou te dizer uma coisa: sou macaco velho, cobra criada – podem me chamar de qualquer animal, menos veado. Comigo é pão, pão, queijo, queijo, não tem sanduíche. Estava na cara que aquilo só podia ser alguma armação. Eu só não sabia de quê. Levantei-me, virei para a assessora que a Fifa me havia cedido e perguntei educadamente:

– Que merda é essa?

A mocinha – uma finlandesa muito jeitosinha, diga-se de passagem – arregalou uns olhos incrivelmente azuis e enormes e disse em inglês: – Nós também só soubemos há pouco,senhor. Eles entregaram as especificações técnicas dos teleclones para a Comissão Especial há uma hora. Quer uma cópia?

– Teleclones?

A mocinha me estendeu uma pasta plástica.

Com um olho no campo, abri ligeiro a pasta e comecei a ler os papéis. *Viemos por meio desta* (porra, não era possível que um saranaii tivesse escrito aquilo?), etc. etc. Resumindo: cientes de que, devido à forte gravidade da Terra e à compleição delicada de seus corpos, os saranaii jamais poderiam nos enfrentar numa partida de futebol, eles optaram pela solução mais lógica: teleclones.

O termo, segundo a papelada, não é bem esse: parece que foi um termo cunhado pela assessoria de imprensa da Comissão Especial da Fifa. Os bonecos – que, apesar da aparência esquisita, movimentavam-se quase igual a nós – eram a última geração em matéria de sondas-robôs. Eram esses teleclones que os saranaii costumavam enviar em missões de reconhecimento nos mundos por eles explorados: sondas biológicas sem cérebro, comandadas à distância por técnicos. Ainda segundo a papelada, essa técnica era um dos presentes que seriam dados à humanidade depois que as formalidades fossem cumpridas.

O detalhe mais importante: de acordo com as especificações técnicas, os teleclones eram muito parecidos com os humanos em termos de força e resistência, o que significava que o jogo deveria estar equiparado fisicamente. Tanto melhor: considerando as tendências edmundianas daquela nova geração do futebol mundial, eu ia era ficar com muito remorso pela quantidade de canelas alienígenas quebradas no gramado. Sem falar nas consequências para a raça humana.

Então, sem nada a fazer, o negócio era relaxar e gozar. Tornei a me sentar e esperei o juiz dar início à partida. Olhando bem, naquele instante, a cena não me parecia mais ridícula, muito pelo contrário: comparando o porte dos bonecos dos saranaii, comecei a pensar naquela velha história do cara que apanha e vai chamar o irmão mais velho. E, quando saiu o primeiro gol deles, aos cinquenta segundos do primeiro tempo – foi aí que eu tive a certeza de que os saranaii não eram idiotas. Não esperaram apanhar para chamar os irmãos mais velhos.

O jogo foi um sucesso. Claro, eles podiam ter dado um desconto pra gente; treze a zero foi um pouco demais. Mas, vá lá, o presidente avisou pra não contrariar, que eles nos prometeram intercâmbio de tecnologia.

Houve quem pensasse que o futebol iria acabar depois daquela. Afinal, os bonecos – como todo mundo passou a chamar os teleclones – eram onze Pelés em campo, onze Garrinchas, enfim, os sujeitos eram invencíveis. Precisei assistir o tape da partida umas quatro vezes para entender o que tinha acontecido: eles haviam usado os esquemas táticos *de todos os países ganhadores das Copas do Mundo* em uma só partida. Começaram no 4-2-4, passando para o 4-3-3, carrossel holandês, pontas rotativos, 3-5-2 com alas, líberos e armadores defensivos, enfim, o escambau. Eu tive que ir checar em livros pra lembrar do 2-3-5 e do WM, que ninguém usava praticamente desde a época da segunda guerra. Não, do Golfo não. A Mundial. Década de quarenta. Rapaz, não faltou nem o suicida paredão ucraniano de 2002, o dificílimo 10-0-0, que só era tentado em último caso... e que não garantiu a vitória deles em cima dos Camarões na semi-final.

Aí reformulei minha conclusão a respeito deles. Os bonecos não eram onze Pelés nem onze Garrinchas, isso seria simplificar demais: eles eram onze seleções completas no gramado. Qualquer jogador podia mudar inteiramente de estilo a cada jogada, sem o menor prejuízo para o restante da equipe, que se comunicava instantaneamente através do Controlador. Meu Deus, como é que eles iam fazer parte de uma Copa do Mundo? Iam ganhar nas oitavas de final, não adiantava nem chegar nas quartas. Uma coisa era certa: se aquilo virasse moda no futebol da Terra, os técnicos iam era ver a grama pela raiz.

A solução quem deu foi o Presidente da Fifa: cada boneco iria para uma das seleções participantes. Tudo bem que eram vinte e dois e os países que disputam a Copa atualmente são cento e sessenta – na prática, times como os do Nepal e de Brunei não contam, mas política é política – os Saranaii prometeram fabricar mais em dois meses, tempo suficiente para o início dos treinos. E já tinha clube querendo contratar os bonecos: O PSV Einhoven foi o primeiro a abrir as negociações oficialmente, seguido de perto pelo Manchester United, pelo Flamengo e pelo Boca Juniors. O preço dos passes foi altíssimo: andaram falando – mas a Comissão não confirmou nem desconfirmou até hoje, veja você – em jazidas inteiras de ouro e metais condutores. Bom, a julgar pela escassez de recursos naturais hoje em dia, não duvido nada. Sim, eu sei que isso hoje não quer dizer nada, que os Saranaii nos vendem toda a tecnologia de que precisamos, por um precinho camarada. Dizem até que a fome no mundo está acabando. Mas que o governo francês não gostou daquele negócio da ONU ter vendido o Louvre, isso eu sei que não gostou, que eu conversei outro dia com o presidente Platini e ele estava puto. Ora, puto fiquei eu: tudo bem que o estádio que eles puseram no lugar do Maracanã é até bonito, funcional, tal e coisa. Mas precisavam ter levado o estádio pro planeta deles? Sei não, mas desconfio que nesse intercâmbio de tecnologia quem está se dando bem são eles.

Para William Tenn

BOOST

Vinícius Lisboa

Rio de Janeiro, 2037.

– E o coração, como está? – a entrevistadora quase hesitou, mas tomou coragem e deu um tapinha leve e íntimo no joelho de Kutner, que sentava despojado em uma poltrona branca, aparentando mais conforto que um bebê no ventre da mãe. O último ano o colocara nessa posição de glória, e agora, nem se quisesse, conseguiria esgotar sua conta bancária. Mas quem iria querer uma coisa dessas?

As redes sociais logo repercutiram com deboche e alguma inveja aquele gesto da jornalista. As coxas musculosas do jogador eram onipresentes na publicidade, sempre acompanhadas de praias de areia branca, modelos bronzeadas e carros luxuosos. Elas estavam em clipes, sites de fofoca, banners em arranha-céus e, claro, na transmissão esportiva, onde ganhavam closes e slowmotions de tirar o fôlego das fãs.

– Está livre e até bem. Inventam sempre uma ou outra para tomar conta dele, mas estou solteiro – o sorriso clareado artificialmente se abriu logo depois da frase, ocupando as TVs sem piedade de moças frágeis.

Os olhos verdes de Kutner sabiam se aliar àqueles perfeitos blocos de cálcio, e seu semblante nórdico chegava aos mais altos níveis da estética caucasiana da televisão. O impacto midiático que tinha era equivalente ao de um astro de Hollywood que goleasse a Argentina na final da Copa, com um gol dedicado à mulher doente terminal que namorava desde a escola. Na ausência de alguém com tantas credenciais, era assim que ele era tratado pela imprensa – sempre direcionada pelos gordos patrocinadores, que, no fim das contas, eram os mesmos que os dele.

– Você foi campeão brasileiro pelo Flamengo, mas ainda tem gente duvidando que você seja mesmo um atleta. O que ainda falta para as pessoas se convencerem?

– As pessoas ainda criticam a Hiperliga, mas não conseguem não assistir – começou contido, para se envaidecer: – E é claro que não conseguem, porque o show é muito melhor! Elas são como nós, querem descobrir até onde podemos ir, do que somos capazes. E o mais incrível é que ainda não sabemos os limites. Tem gente que só olha pelo lado do dopping. Sim, é dopping. É claro que é. Mas é um dopping combinado, e não a trapaça que tinha antes. Vou tomar um puxão de orelha porque falei dopping, e não boost – riu o jogador, retribuindo a intimidade da jornalista. – Mas quero que as pessoas entendam que estamos todos boostados até onde queremos. Cada um aposta o quanto está disposto. Esse é o desafio. E o resultado são essas jogadas que as pessoas não conseguem tirar da cabeça. Nem eu consigo! Não é à toa que temos mais audiência que o futebol tradicional.

– E quem leva o Brasileiro chega como ao Estadual? – acelerou a repórter.

– O Estadual é o feijão com arroz do Flamengo. Já nascemos prontos.

A confiança agradou e muito aos patrocinadores do clube e dos atletas. Ao ser repetida pela enésima vez minutos antes do jogo pelo principal canal de TV do país, arrancou um gritinho do agente de marketing, que dava as últimas instruções ao time no vestiário.

– Esse é Mau! – exaltou-se, dando um tapa barulhento nas costas robustas de Maurício Kutner, que alongava a lombar ainda sem camisa. – O importante hoje é cabecear perto do banner do banco, atropelar um adversário na frente da cervejaria, sem piedade, e parecer lesionado no meio-campo e levantar como quem engole o choro. Estão me cobrando essas imagens.

– Só isso? Daqui a uns dias teremos que ensaiar.

– Chegamos a discutir isso na última reunião da diretoria, mas não podemos correr o risco de filmarem. Aliás, na última reunião tivemos uma novidade que pode esquentar esse campeonato.

– Qual?

– Os árabes querem investir mais na Hiperliga Brasileira, para criar um mundial com África, Rússia, Oriente Médio e os hermanos.

– Ah, é? – questionou ele, vestindo a camisa.

A Hiperliga pertencia aos "árabes", assim como a Petrobras, construtoras especializadas em licitações fraudulentas e latifúndios imobiliários em bairros nobres. Tudo comprado depois da bolha. Toda essa influência foi fundamental na hora de derrotar a CBF e o Ministério Público na justiça, mantendo o "Antiesporte", como foi chamado pela promotoria.

– E eles querem começar por um clube do Rio e um de São Paulo.

– Ganhar o Brasileiro não tá bom pra eles?

– O Botafogo os convenceu de que iam ganhar se não fosse a morte do Tales. Acabaram tendo uma nova chance.

– Nunca! Era só esse chororô que estava faltando. Mas quanto eles querem investir?

– No Flamengo, eu não sei, mas, em você...

– Quanto?

– O suficiente para pagar os anos de vida que você vendeu com o boost – debochou simulando um ar diabólico que ficou verídico demais. – Você vai tá feito, meu caro. E eu também. Estou falando de mais de R$ 30 milhões pra ser a cara do futebol brasileiro. Pela sua cor, vai ser bem aceito na Rússia e pode servir para o lobby na Europa e nos Estados Unidos. E você pode imaginar o que vem de publicidade com isso, né? Vai ter que aprender russo e o caralho!

– Só se ganhar o Carioca?

Com a cabeça, o agente disse que sim.

A negociação foi cortada por algo mais esportivo:

– Kutner, hoje corre bastante pela lateral para dar assistência – o técnico chegou falando grosso, um velho que era como as partes mais anacrônicas do espetáculo, como a grama ou o concreto dos estádios

– Vou precisar dele perto do gol e no meio de campo pelo menos um pouco – discordou o agente.

O treinador assentiu com a cabeça e continuou falando com os atletas.

Ao entrar no campo da Arena Deus do Universo, antigo Estádio Olímpico João Havelange desde a concessão neopentecostal, o time do Flamengo era iluminado por flashes e seguia em fila diante de arquibancadas lotadas. Os rostos de pele tratada lembravam uma gigantesca boyband, com homens parrudos de até cento e vinte quilos que poderiam estar em seleções de rugby.

Sem patrocínios aparentes, a camisa vermelha e preta, quando era exibida nas TVs digitais ou fotografada e filmada com tablets e telefones, puxava links para sites de bebidas, linhas novas de veículos, marcas de suplementos alimentares e até empresas estatais. O short preto encurtava um dedo a cada ano, exibindo a nova paixão da mídia nacional: as pernas masculinas. Menos moderna, a do Botafogo trazia a escrita "Deus do Universo", em dourado, sobre o número dos jogadores. A igreja também era sua maior patrocinadora. O conceito de evangelização por branding já tinha virado até MBA.

O Botafogo era novo na Hiperliga. Tinha entrado há apenas três anos, obrigado pela queda de receita no futebol tradicional. Sedento por compensar a hesitação, o clube exagerara nas doses, e seus atletas, diferentemente dos flamenguistas, eram menos comerciais e mais assustadores. Enquanto os da Gávea lembravam o casting de uma agência de modelos, os de General Severiano formavam uma equipe de MMA composta por lenhadores, estivadores e halterofilistas. Queixos grandes, mãos desproporcionais e pelos grossos deixavam os jogadores mais primitivos. A tática quase deu resultado: no ano passado, o Botafogo teve uma campanha esmagadora, mas foi desclassificado após a morte de um jogador em campo.

O gramado estava inteiramente pintado de roxo, pela ação publicitária de uma empresa de telefonia, e reluzia com os refletores. Quando a bola rolou, e o gás inicial dos jogadores os transformou em velocistas capazes de piques que ganhariam medalhas olímpicas no atletismo. Os passes não acompanhavam em habilidade essa explosão de energia, e a bola trocava de posse rapidamente. O futebol boostado era ágil como um jogo de basquete.

Kutner teve posse logo no início. A arquibancada tremeu. Seus pés eram tão rápidos que os câmeras evitavam closes, filmando-o em plano aberto. Ele tinha estrela, diziam.

O primeiro jogador do Botafogo que tentou tirar-lhe a bola estava desde o apito na marcação. Um dos maiores, com quase dois metros e ombros que não passariam na porta de um ônibus. Eles colidiram como petroleiro e iceberg, e toda a massa do gigante não bastou para desestabilizar o flamenguista. Kutner era mais que o rosto do time, era também um parachoque dos mais truculentos. O alvinegro, incrédulo, catou cavaca desequilibrado em frente ao banner da cervejaria. O agente deu um salto no banco.

Na área, foram dois, que somados dariam um e meio do anterior.

Eram mais habilidosos, e um deles acertou em cheio o joelho dele por trás, sem a menor cerimônia de fingir tocar na bola. O juiz não marcou, como de costume. "Para ter falta, era preciso ter sangue", ditava uma regra extraoficial da Hiperliga.

Depois de rolar, o Alemão, como era chamado pelos colegas, ainda levantou a tempo de receber o cruzamento na área e cabecear. Aquele rostinho plástico e bem-nascido, quem diria, ocupava uma crânio que era um verdadeiro martelo. Golaço! Flamengo 1x0 Botafogo.

O banner do banco, na lateral do campo, bem no fundo da câmera, rendeu mais uns milhares de trocados.

Amantes do futebol nascidos no século XX diriam que aquela era uma pelada. Mas a nova roupagem do esporte, boostado como um todo e não apenas nos corpos dos atletas, era um show que quase dispensava a habilidade. Imagens fabulosas, gráficos em 3D, estatísticas em tempo real, funções interativas nas TVs, links para histórias das movimentadas vidas pessoais dos jogadores, e, claro a própria beleza deles e suas capacidades sobrehumanas geraram um outro produto do entretenimento.

O segundo gol de Kutner naquela partida era uma prova disso. Aos quinze do primeiro tempo, um chute do meio de campo fez a torcida balançar as bandeiras em frenesi. Uma bomba que amedrontaria qualquer goleiro, e que derrubaria os queixos de Branco e Roberto Carlos. A trajetória não fez grandes curvas, e o chute não foi dos mais bonitos. E daí? A imagem dos músculos da coxa se contraindo, a câmera lenta, os gráficos que mostravam a aceleração desumana e os replays interativos que permitiam girar 360 graus deixavam qualquer jogada genial. O gol estufou a rede. A torcida, no estádio, assistiu a tudo pelos telões, onde os detalhes visuais roubavam a cena da vida real.

– Isso é Hiperliga, meus amigos! A Bancastro virou um cometa! – teve que declarar o comentarista, lembrando o banco patrocinador que nomeou a bola.

Ainda no primeiro tempo, uma falta foi marcada, confirmando a regra de que o sangue definia a validade. O cotovelo de um dos botafoguenses, na área, fez estrago no peeling de Lipe, um dos craques flamenguistas, deixando a pele lisa e hidratada suja pelo supercílio aberto. Mais do que isso, a pancada o desorientou e derrubou. O excesso de testosterona dos boosts explodiu.

– Tá maluco, seu merda?! Tá maluco? – Rafael Alves, parceiro de Kutner no ataque, enfrentou o ogro que não se intimidou pelo erro.

– Vai se foder! Tem medo de sangue? Hiperliga é pra homem! – gritou, enquanto o flamenguista repetia a pergunta e o vocativo mal-cheiroso, com as mãos para trás, cara a cara.

Um empurrão do botafoguense, visivelmente mais descontrolado, jogou para trás o rubro-negro que tirava satisfação. Ao tentar retrucar a agressividade, o moreno de rabo de cavalo, barba de galã latino e brinco prateado ganhou um soco no olho e desabou.

A torcida, quase indignada, assistia à selvageria pasma. O destempero dos jogadores boostados era um traço hipocritamente condenado da Hiperliga. A violência era uma parte excitante daquele show.

A confusão terminou com dois flamenguistas substituídos, e o botafoguense, expulso. A bola seguiu com um pênalti, do próprio Lipe, que fez os urubus esquecerem a irritação com um grito de gol. Fim do primeiro tempo: Flamengo 3x0.

– Esse jogo não pode continuar! – Lipe gritou com o agente no vestiário – Eles viraram bichos! Tão quase mordendo a gente! – debochou o meia, um dos mais magros do time.

– Já viu algum jogo acabar por isso? Se eles quiserem ser todos expulsos, melhor pra gente!

– Não viu o soco que ele deu no Rafa? Estão espumando de tanta bomba!

– Não chame ele assim – cortou. – Dá um sossega-leão neles, ora! Uma porrada bem dada acalma até cachorro louco.

Lipe olhou de cima a baixo o gorducho publicitário que o mandava de volta para o campo, um porco que ele engordava jogo após jogo.

– Onde está o Kutner? – questionou o agente.

Kutner estava no banheiro. Sempre que corria demais, não suportava a taquicardia e a tontura que sentia ao parar. Lançou mais uma desesperada porção de vômito no vaso, viu a vista escurecer, se segurou na beirada da louça, e fechou os olhos. Seus lábios estavam brancos, e seu corpo, gelado. Não teve muito tempo para se equilibrar, porque o revertério teve um desdobramento intestinal. A cabeça girava.

– Alemão? – era a voz de Rafael Alves, com o olho roxo. – Tudo bem?

– O que é?

– Vou dizer ao professor que você não está bem. Fica aí.

– Não. Tá tudo certo.

– Cara, quer morrer? Ouvi você vomitando.

– O Kutner tá aí? – a voz do agente invadiu o diálogo entre os dois lados da porta.

– Ele não vai mais jogar. Tá fodido e vomitando.

– O quê?! O que é? Está sentindo o quê?

– Ainda vou levantar engolindo o choro, não esqueci! – ele se lembrou da terceira foto.

– Assim você me ofende, porra! Estou preocupado com você! O que é?

– Vão embora! Tô cagando! – irritou-se.

Os dois não discutiram e saíram se olhando antipaticamente. Apesar disso, se uniram e convenceram o técnico a poupar a estrela no segundo tempo. Quando Kutner saiu melhor do banheiro, a notícia o irritou.

– Eu vou jogar, sim! Meu contrato com a GoldMedics exige que eu jogue os dois tempos, esqueceu? – insistiu com o agente.

– Se isso não colocar em risco sua integridade – corrigiu, risonho. – Eu redigi o contrato. Vá para casa, se recupere e esteja de pé amanhã cedo para cozinhar no programa da manhã. Aprendeu o omelete?

– Eu tô bem. Para de merda e me deixa entrar. E se os árabes desistirem?

– E se você passar mal na frente das câmeras? Já que você acha que não ligo, vou falar a sua língua: se você morrer, como vou manter o padrão de vida que assumi? O que você acha que está pagando meu apartamento no Higher Leblon? Seus contratos. E se você passar mal, seu passe desvaloriza. Depois da morte do Tales, os patrocinadores não querem se arriscar a ver um cadáver vestindo a sua marca.

– Ah, vai pro inferno – Kutner virou as costas e deixou o vestiário pela outra saída, aceitando a decisão.

Do lado de fora, música pop alta animava a torcida no intervalo. Uma diva internacional se apresentava.

A tontura o bambeou novamente, e o agente viu que ele teve que se escorar.

– Está tomando as doses certas?

– Se eu tomasse doses certas, não jogaria na Hiperliga.

⚽

– Você vai morrer, meu jovem. Espero que tudo isso tenha valido a pena.

A repetição da frase do médico na mente de Kutner foi a prova de que, nos dois meses da Hiperliga Carioca, sua vida tinha sofrido uma virada de mesa. O mesmo Botafogo, ali, aguardando o Flamengo para o segundo tempo da final, era outra evidência.

Se o campeonato começou com holofotes e entrevistas, quarenta e cinco minutos de favoritismo e três gols sobre o rival, estava prestes a terminar bem diferente. Kutner passou três semanas internado depois do primeiro jogo, "com uma pneumonia que qualquer um poderia ter", disseram. Aquela partida acabou empatada pela revelação alvinegra que roubara dele o destaque: Josué.

Pensar no "novo Kutner" trazia de imediato a cena do terceiro gol do Botafogo contra o Flamengo naquela mesma estreia, enquanto Kutner sentia pela primeira vez a dor aguda que se revelaria hepática.

Cortando pela direita o maior rubro-negro, saltando de um carrinho de Lipe dois passos depois e esquivando pela esquerda de um terceiro defensivo, São Josué embasbacava os fãs de futebol. A jogada foi tão humilhante que os flamenguistas perderam patrocínios de carros esportivos, para que não fossem vinculados ao fiasco que se repetia milhões de vezes na internet. A finalização teve o primor da simplicidade: um chute rasteiro, que quicou apenas depois da linha do gol, fechando a jogada com louvor. Nada comparável fora feito naquela noite. Nem em todo o campeonato.

Quando corria, Josué era mais rápido do que pareciam permitir suas pernas esguias. Tinha uma surpresa e uma ginga que iam além do boost e davam ao jogo uma dinâmica que não estava prevista nos contratos publicitários. Era um fantasma a assombrar aquela indústria que já tinha se convencido dispensar a habilidade.

Ao mesmo tempo em que transgredia, se inseria com louvor nos anseios do mercado. Pobre, de família vítima do crime organizado e com um ar nostálgico do futebol de várzea, carimbava o que faltava na Hiperliga, cheia de garotões da classe alta, como Kutner. Gols de bicicleta, de placa, de cruzamento e de cabeça contra o Fluminense e o Vasco, a partir de jogadas inspiradas e depois de dribles desconcertantes transformaram-no na grande expectativa da final, que se confirmara com três gols marcados no primeiro tempo. Perdendo de 3x1, o Flamengo era questionado, mas voltava a brilhar com o retorno de Kutner, que pela primeira vez encararia o prodígio da bola.

O gramado agora era o do Maracanã, e verde. O juiz apitou.

Quando começou a correr, Kutner teve uma ideia do motivo que o desenganou. O boost era tão forte, que essas semanas sem treinamento não significaram nada para seu preparo físico. Mesmo debilitado, ele continuava o trator de antes e partiu com gana para o campo botafoguense.

O que ele não imaginava era que os adversários tivessem investido tão alto naquele título. Quando colidiu com o mesmo alvinegro que atropelara no primeiro jogo, quase teve o ombro deslocado e caiu rolando no chão. Ao tomar a bola, o gladiador preto e branco passou para Josué.

A revelação do campeonato teve Lipe diante de si, e a insegurança fazia as canelas grossas do meia tremerem diante do craque que o humilhara. Deslocado do ataque para ajudar a conter o imparável, Rafael Alves surgiu ao lado do meia para a marcação, e foi primeiro ao reparar o congelamento do colega. Nos telões, as estatísticas apontavam o coração disparado de Lipe, e a torcida reagiu com gritos de "cagão".

"Melhor assim", pensava o jogador, que tinha palpitações sempre que se aproximava de Rafael em público. Os dois eram proibidos de sair juntos, de irem às mesmas festas e de frequentarem até a mesma igreja, se um dia quisessem. Ricos, bonitos e apaixonados, cumpriam um contrato rigoroso com os patrocinadores e eram obrigados a ser fotografados com mulheres três vezes por semana. "Morar juntos?", pensavam, "nunca". Se fossem pessoas normais, poderiam planejar para a aposentadoria, mas não acreditavam que durariam tanto.

Descoordenada pela ansiedade, a dupla não deu conta. Josué passou por eles sem que ao menos encostassem. O que quer que tenha tomado, era realmente poderoso e discreto. Era magro e ágil como um jogador das antigas, mas fazia movimentos impossíveis e enfrentava os gigantes sem desvantagem. A primeira jogada do Botafogo no segundo tempo poderia ter ampliado o placar se não chutasse para fora.

O goleiro do Flamengo lançou a bola e todos tomaram suas posições. O jogo continuou.

O lançamento devolveu a jogada nos pés de Rafael Alves, e ele naturalmente tendeu ao ataque. Avançou entre os botafoguenses com seu estilo objetivo e tocou para Kutner assim que a defesa o cercou. Entre os marcadores, reencontrou o ogro que o derrubou na última partida.

– Sarou, mocinha?

Com a posse da bola, Kutner voou para a grande área. O pique fez doer sua caixa torácica e o ego dos adversários. Seu marcador exclusivo não conseguiu acompanhar a ferocidade dos passos e, sem passar para mais ninguém, o alemão marcou um gol descomunal. A bola, quase oval de tanta pressão, atingiu a mão do goleiro que se esticou como deu. O defensor caiu no chão gemendo pelos dedos luxados. Botafogo 3x2.

A comemoração passou, e os olhos de Kutner começaram a embaçar. Antes que piorasse, ele iniciou uma nova corrida, convicto de que só nas paradas o corpo cobraria seus limites. Depois dos gols, no entanto, a Hiperliga dava intervalos de um minuto para os telespectadores desfrutarem dos aplicativos das TVs sem perderem os lances seguintes.

– Está tudo bem? – Josué perguntou a ele, aproximando-se sem que Kutner percebesse.

– Claro que está – cortou sem dar atenção.

– Pode assinar minha camisa depois do jogo?

– Não é hora pra isso. E vou tá muito ocupado com a taça – respondeu, escapando alguma simpatia.

Josué riu junto e foi para a sua posição.

O placar não se alterou nos quarenta minutos seguintes. Aos quarenta e quatro, o Botafogo era campeão carioca. Desesperado pensando na fortuna que ninguém sabia estar em jogo, Kutner olhava para o agente, ao telefone desde o início da partida.

O juiz acenou com uma prorrogação indesejável de cinco minutos, gerando protestos nos botafoguenses. Um mais baixo e atarracado não se conteve e empurrou o árbitro, iniciando uma confusão que parecia um princípio de linchamento. Logo, os flamenguistas foram em defesa do juiz, e uma troca de socos boostados começou.

Levantando o cartão vermelho e procurando quem o tinha acertado, o juiz não conteve o tumulto. O público assistia apreensivo e, por trás das câmeras, a ordem foi de evitar closes.

Ao ver um colega levar uma cotovelada de um alvinegro e ser empurrado por outro, Rafael Alves voou com uma voadora nas costas do primeiro agressor. Muros frágeis cairiam com aquela pancada, e o preto e branco terminou desacordado. Tomando ciência de sua reação impulsiva, correu para trás, escapando de três botafoguenses que o seguiram. O ogro, percebendo sua distração, trombou como um asteroide em suas costas, jogando Rafael Alves no gramado e caindo por cima dele. O boost estava nos olhos e nas expressões alucinadas de cada um.

Kutner começou o caminho para socorrer o colega, mas o agente, com dedo em riste, mandou que ficasse longe a confusão. Desacatar aquela ordem pareceu caro demais.

Lipe tinha outras prioridades. Ao ver o primeiro soco que o ogro deu em Rafael, chegou com o joelho direito na testa do gigante. Sua junta ossuda, envolvida de músculos de propulsão cavalar era mais do que um homem podia suportar colidindo contra a cabeça. O ogro caiu sem respirar.

O baixinho atarracado que começara a encrenca investiu um chute na costela de Lipe, que ouviu as próprias fraturas. A violência parecia não ter fim, quando policiais do Batalhão de Choque entraram em campo com seus escudos e cassetetes. A figura da lei fez com que o descontrole cessasse.

– Esses três!! Levem esses três!! – gritou o juiz, apontando para Lipe, o atarracado e o ogro. – Pra eles não é cartão, é cadeia!

Três puxadas de oxigênio fizeram Lipe reaver a consciência que os anabolizantes haviam tomado.

– Não! Eu estava defendendo o meu colega! Ele ia matar! Ele ia matar!

– Você que matou! – O policial gritou, conferindo o pulso do alvinegro.

A câmera focava outro ponto da confusão em plano aberto, e o público vaiou. Queria mais, queria os detalhes.

– Meu Deus... – espantou-se com sua selvageria.

– Foi legítima defesa! Ele ia me matar – argumentava Rafael.

Lipe saiu do campo sem reagir à prisão, segurado pelos braços como o animal que temia enfrentar nos jogos boostados. O público ainda tentava entender os desdobramentos quando os telões marcaram duas substituições para cada lado. O jogo continuou, e, enquanto a bola rolava, a morte do ogro era abafada, pelo menos durante os sete minutos restantes. A farsa foi tamanha que ele saiu em uma maca.

Sem Lipe e Rafael Alves, o Flamengo parecia ter perdido qualquer chance de reação. Só dois estados de espírito estavam nos jogadores, e os dois eram de entorpecimento. Para uns, por ira, por um desejo de continuar a sanha até ter sangue nas próprias mãos. Para outros, por desgosto, uma estranha falta de valor que percebiam ter pactuado. Kutner estava nesse segundo grupo, mas tinha a cifra inacreditável de que lhe falara o agente saltando na memória. Como era possível perder tanto dinheiro?

A bola voltou a seus pés como que por destino, ou por estrela, esperando uma solução. Ele não podia decepcioná-la.

Todo o time do Botafogo estava na defesa. Faltavam três minutos, e a vantagem valia mais que a chance de ampliar a vitória.

Nas arquibancadas, os torcedores estavam de pé. Os televisores abandonavam as multifunções e voltavam às origens, transmitindo só o que o craque faria com a pelota.

No banco, o agente, ainda no telefone, arregalava os olhos.

Kutner teve em primeiro plano o troglodita que o marcava desde que voltou ao campo. Foi com toda a força para a colisão, mas esquivou e deixou com que passasse longe, perdendo distância como um touro desgovernado.

Os mesmos dois que haviam atacado seu joelho no primeiro jogo partiram para a mesma tática. Com um salto, o flamenguista evitou o chute.

Passando por esses três adversários, ele chegou à grande área. A bola estava diante de seus olhos, e os pés já haviam calculado por onde ela entraria no gol, quebrando mais um goleiro.

Mas seus cálculos foram precipitados. Josué surgiu como quem sai de um buraco e, num bote certeiro, desconjuntou a jogada armada pelo flamenguista e partiu numa disparada inigualável. Nos telões, saltou a indicação: "Recorde mundial de 100 metros rasos". Era um tufão, um foguete e um jato, todos no mesmo céu, rasgando a grama e deixando para trás os flameguistas desistentes. Chegou antes de qualquer um à área oposta. Antes mesmo do goleiro, que tinha avançado para o ataque. Correr tão rápido e de forma tão inatingível era para alguém como Josué uma ascensão ao paraíso. Entrou com bola e tudo e se segurou na rede em estado de glória. Botafogo 4x2.

A desolação dos flamenguistas foi vexatória. O gol de Kutner parecia certo, e, menos de um minuto depois, suas chances haviam sido enterradas. Os botafoguenses correram em festa, mas os passos foram esmorecendo. Em vez de comemorar com eles, Josué continuava agarrado aos fios da rede, escorregando com a gravidade. Um close descuidado em seu rosto revelou a morte em sua face mais perturbadora: a de um jovem talento. Ele caiu para trás, batendo a cabeça, que quicou, simples como seu gol mais memorável. Um enfarte fulminante, aos dezenove anos.

O jogo foi encerrado. Nos bastidores, dirigentes flamenguistas já falavam em desclassificar novamente o Botafogo pelos seus exageros.

Os atletas quase se acotovelavam para ver o semblante do prodígio. Tinha sofrido?

Kutner, em respeito à morte daquele que nem pôde conhecer, retirou a camisa e cobriu seu rosto. O agente quase enlouqueceu pela associação indevida.

– Ele morreu, cara. Que se danem os contratos – disse saindo de campo, com os olhos doendo pelos flashes que procuravam seus músculos.

– É essa a credibilidade que quer passar para os anunciantes?

– Eu estou morrendo com um anúncio deles no peito. Não está bom?

O agente ficou em silêncio e continuou seguindo seu assessorado.

– Sobre os árabes.

– Eu estou morrendo! Não entendeu?

Alguns colegas ouviram a frase e ficaram atentos. O agente puxou Kutner para longe deles.

– Sobre os árabes, nem tudo está perdido.

– Ah, não?

– Não.

– Mas isso não interessa mais. Não tenho filhos, não sou casado... Vou fazer o que com esse dinheiro? – até um minuto atrás, não se imaginava dizendo isso.

– Não seja idiota. Esse dinheiro pode alongar a sua vida. Pode fazer você procurar um tratamento ou alguma coisa assim. Eu consegui um contrato que permite isso.

– Você não vai parar de me falar sobre isso?

– Só quando você ouvir.

Kutner finalmente parou de frente para o agente. Nunca um homem tão musculoso e alto como ele se sentiu tão pouco saudável e subalterno diante de um gordinho vermelho e sem pescoço.

– Os árabes ficaram muito impressionados com você. Querem você... Independente do clube.

– O quê?

– Vamos sair ganhando de qualquer jeito. É o seguinte: se o Botafogo perder pela morte do Josué, você fica no Flamengo; se for mesmo campeão, você vai mudar para ele. O contrato já está aqui no meu celular e, pelo visto, você já tem até uma camisa para ocupar.

Sem disfarçar a ojeriza, Kutner foi direto:

– Então, rasgue. Ou melhor, quebra a merda do celular. Isso não vai acontecer.

– Você não vai precisar jogar. Passará a temporada viajando para uma campanha nova da Hiperliga. A Rússia vai aprovar a venda dos boosts para a população. A Turquia e a Ucrânia devem fazer o mesmo ainda este ano. Se der certo lá, fica mais fácil convencer o Congresso aqui do Brasil.

– Você não pode ter assistido ao mesmo jogo que eu. Quer isso nas farmácias?

O agente perdeu a paciência

– Kutner, o contrato já está pronto. Mesmo se você não topar, suas fotos e vídeos já estão com os árabes.

– Como é?

– Você me cedeu seu direito de imagem. Você me vendeu, na verdade. Você escolhe: ou grava os comerciais e ganha uma parte ou perde a vaga no Flamengo, a vaga no Botafogo e eu fico sozinho com os R$ 30 milhões.

– Que tipo de merda é você? Vai usar minha imagem sem eu querer?

– Eu já uso. Quantos comerciais você faz? Pra que marcas? Você consegue me dizer? Eu estou sendo seu amigo e administrando sua carreira. Você tem uma fortuna e vai ter ainda mais. Eu não quero te tirar da jogada. Pelo amor de Deus, Kutner! Você já veio até aqui por dinheiro. Está desenganado de tanto dopping. Vai dar pra trás agora? De que vai adiantar? Você já vendeu tudo. Só o que vai fazer é recusar o pagamento.

Kutner sentiu o boost ferver seu sangue, mas a pessoa certa a agredir era ele próprio. Foi um jovem de classe alta, estudou em boas escolas e morou no exterior, mas preferiu investir no caminho que parecia mais vibrante e rentável. E tinha valido a pena, ao menos de acordo com o que era seu objetivo inicial. Mulheres, badalação e músculos. A imagem que tinha construído era um ídolo para si mesmo, um ídolo oco e, ao mesmo tempo, pesado demais para tirar das costas.

– Não tenho mesmo que assinar?

– Nem que jogar. Viajamos na semana que vem. Nem ouse enterrar esse Josué. Não podemos vincular você à morte. Amanhã, você vai gravar novela.

– E quando for a minha vez? Também não poderei ter vínculo? Como os patrocinadores vão me enterrar? E você vai continuar usando minhas fotos?

– Vou chorar como um bebê – respondeu sorrindo o agente, dando um tapa bem humorado no ombro de seu cavalo premiado.

“Quando lerem seu testamento”, completou sem dizer.

Aquele diálogo fez Kutner querer dormir. Não para descansar, mas para apagar. Muita gente pensava que o boost era uma injeção dolorosa, um mal estar que martirizava a cada minuto pelo custo da fama. Aquele sacrifício da própria saúde em troca de dinheiro, no entanto, era uma sala confortável, em que se dormia três vezes por semana com o cheiro de menta disfarçando o gás anabolizante. Era um sono entorpecente e sem sonhos, do qual se levantava em euforia e potência.

Fotógrafos dispararam mais flashes enquanto eles se aproximavam das escadas do vestiário. Em vez de descerem, eles encontraram crianças, e um menino parecido com Kutner pulou para abraçá-lo. Em sua mão esquerda, um boneco cheio de articulações e traços familiares não deixava negar: tratava-se de mais um anúncio. Seu corpo de plástico era ainda mais volumoso que o original, ambos artificiais.

– Que boneco maneiro – tentou se animar.

– Vem até com o boost! – mostrou o menino exibindo com a outra mão a miniatura de uma seringa modernosa e cheia de um líquido florescente.

Não tinha medo de injeção.

O ÚLTIMO GRANDE CRAQUE

Marcel Breton

– E AÍ, GRANDÃO? PODEMOS falar da final da série B de 2051?

Jackson já havia admirado os troféus na estante, os diplomas impressos e as medalhas. Passamos as últimas duas horas conversando sobre técnicos, jogadores e dirigentes que ambos conhecíamos. Ao contrário desses jornalistas de hoje, que nem precisam fazer a barba e decoram os nomes de velhos jogadores apenas para nos entrevistar, Jackson assistiu àquele jogo. Aliás, quase todas as partidas do Operários de Contagem, naquela linda campanha que nos levou à final. Ele era um dos meus.

Sentamos nos sofás de frente um para o outro, mas distantes, pois a sala de casa é maior do que eu gostaria.

– Quer outra cerveja? – perguntei.

– Agora não. Deixa pra depois – puxou a ponta da camisa para esconder a barriga.

– Por mim, tudo bem. O que você quer saber?

Era um alívio poder conversar sobre futebol com alguém que, ao menos, sabe quem sou eu. Relaxei e deixei o corpo escorregar pela poltrona. Ainda estava cedo, uma sexta-feira preguiçosa e longa demais para um técnico aposentado e viúvo.

– Você teve notícias do Neto, Grandão?

– Nunca mais. Depois daquele jogo, ele – fechei e abri os dedos da mão direita, como um mágico explicando o segredo de seu truque – fez "puf!" mesmo.

– Mas, ninguém do time viu ele de novo? Nem o Marcinho? Desculpa aí falar nele, mas os dois eram muito amigos, é difícil de entender.

Apoiei os cotovelos nos joelhos e apertei os dedos de uma mão contra a outra. O Jackson é um dos poucos jornalistas esportivos que respeito. O cara já comprou briga com tudo quanto é dirigente, dono de site, cartola, e se mantém fiel a sua ideia de futebol – e eu concordo com quase tudo que ele escreve. Mesmo que, uma vez, ele tenha escrito sobre o Marcinho de uma forma que eu e minha filha não gostaríamos de ter lido. De todo modo, essa matéria, agora famosa no meio jornalístico, já tem cinco anos, foi publicada pouco depois da morte do Marcinho. E, sejamos sinceros: Jackson relatou apenas a verdade. Por isso mesmo, eu não lhe neguei esta nova entrevista.

– É o seguinte... Aquela foi a noite mais estranha da minha vida. E da vida dos dois também. – apontei para a parede e, com o deslizar do meu dedo, selecionei uma das muitas fotos de Neto e Marcinho abraçados. – E está na hora de falar dela. Sabe, eu sou a última pessoa viva que sabe do segredo do Neto.

Ele repetiu a minha pose, e não disse uma palavra. Com aquele gesto, entendi que prestaria atenção a tudo o que eu tinha a contar. Então comecei.

Estava dando tudo errado naquela partida. Você sabe, até então havíamos derrotado quase todos os adversários e a imprensa caiu toda sobre nós; o público adora a história de superação do moleque magrelo que encara os grandões e chega ao topo. E os jogadores que mais atraíam a atenção naquele ano, mais ainda do que as estrelas da série A, eram os responsáveis por aquela campanha espetacular. O pessoal apelidou os dois de Irmãos Gêmeos. Fisicamente, não poderiam ser menos parecidos. Marcinho tinha a pele muito clara, cabelos pretos anelados e era um tanto corpulento, de pernas fortes. Já o Neto era mais atlético, quase franzino, moreno e de cabelos muito curtos e lisos. Tinham um estilo de jogo muito parecido. Atacantes agressivos, que gostavam de dribles elaborados e toques rápidos e precisos.

Mesmo assim, aos quarenta e três minutos do primeiro tempo contra o Resistência de Alagoas, de campanha igualmente impecável, ainda estávamos empatados em zero a zero. Não conseguíamos furar a defesa deles e, nervosos, os irmãos desperdiçaram três oportunidades de gol. Claro que coisa ainda pior estava por vir: em uma entrada criminosa, o Leão-de-Chácara, apelido do truculento Valdir, arrebentou o joelho do Neto. O desgraçado foi expulso, mas isso não servia de consolo.

Aliás, o pior mesmo foi o Túlio marcar o gol do Resistência de falta aos quarenta e quatro e meio.

Desnecessário dizer que o clima no vestiário não estava bom. De todos, o Marcinho era o mais nervoso, andava de um lado para o outro, soltava uns palavrões que nem eu conhecia. O resto do grupo ouvia o capitão Lobato disparar suas usuais lições de autoajuda como se fossem pílulas da mais altíssima sabedoria. Não sei onde aquele menino aprendia aquilo – com certeza não era comigo, sempre fui simples e direto.

– Chega, Lobato. Valeu pela força. – Olhei para eles. – Meninos, vamos rever o que aconteceu e dar um jeito de fazer as coisas direito agora. Todo mundo presta atenção no que eu vou dizer.

Falei sobre os problemas e os acertos, que deixamos os jogadores adversários muito soltos, nossa defesa estava fragilizada, queria mais empenho atrás e mais toques pela esquerda, porque notei que chegamos com facilidade ao gol por lá três vezes. No final, anunciei que tiraria o Pereira (ele concordou com um aceno de mão) e colocaria o Danilo (que sorriu e bateu os pés no chão) no lugar dele. O Marcinho ouviu tudo distraído, e só fez uma pergunta depois que eu terminei:

– Professor, e o Neto? Como ele está?

Meu velho celular tocou. Atendi, troquei umas palavras com o nosso médico e desliguei.

– É o seguinte: o Luciano me falou que o joelho dele está *ok*, e ele está liberado para o segundo tempo.

Todos gritaram, bateram com as palmas das mãos nas cadeiras e alguém puxou o coro:

– Netôôôô! Netôôôô!

– Ei! Ei! Ordem aqui, porra! – levantei os braços e, aos poucos, foram se calando. – Mas o Luciano pediu para eu ir lá no centro médico que ele quer falar comigo. Sozinho.

Quando cheguei na porta, o Marcinho já estava ao meu lado, segurando o meu braço:

– Eu vou com você.

– Filho, você ouviu o Luciano, ele quer conversar comigo sozinho.

– Se não fosse uma coisa importante, ele não teria pedido isso. Ou eu vou com você ou eu chamo a galera toda para me acompanhar.

Suspirei. Ele sabia ser um genro irritante, às vezes. E usava tanto sua amizade com o Neto quanto o parentesco torto comigo (e recente: mal tinha um ano de casamento com Sandra) para conseguir o que queria. Acabei aceitando a sua companhia. Entramos por um corredor cheio de policiais, pessoal técnico e alguns jornalistas. Recusei-me a falar com eles e pedi passagem. Claro, já sabiam que estávamos a caminho do centro médico, por isso cercaram o Neto. Ele, como sempre, não recusou e já ia falando mais do que eu gostaria quando o puxei pelo braço:

– Depois a gente fala com vocês. O intervalo já vai acabar, vou pedir um pouco de compreensão de vocês, certo?

Andamos mais alguns metros até a porta fechada e guardada por um policial, meu conhecido e torcedor do Operários.

– Desculpe, professor.

– Você não aguenta, né? É só ver um microfone que tem que ir lá cornetar. É aqui. Beleza, Chico?

– Tudo joia, seu Grandão. O Luciano tá aí dentro, pode entrar – abriu a porta para nós com alguma cerimônia.

O médico me esperava em pé, de braços cruzados. Atrás dele, o Neto, sentado na maca, sorriu ao me ver:

– Oi, professor.

– Está tudo bem, filho?

Marcinho fechou a porta, passou a minha frente e aproximou-se do Neto:

– Cara, que susto você nos deu. – Luciano tentou impedi-lo, mas o rapaz simplesmente o ignorou. – E aí, como está o seu joelho?

Ele parou a meio metro do amigo e ficou olhando para as suas pernas, estendidas na maca. Intrigado, caminhei na sua direção. Pude ouvir o médico sussurrando:

– Eu disse para você vir sozinho.

Ao lado de Marcinho, entendi a sua perplexidade. O joelho de Neto estava aberto e a pele descolada se mexia freneticamente. Dava para ver os tendões se reorganizado ao redor de uma rótula amarelada e maleável. Nada de carne ou músculos, apenas filamentos incrivelmente finos, organizados em feixes que pareciam ter inteligência própria. Eu já havia visto um daqueles uma vez, por acidente. Nem precisava que o doutor anunciasse:

– É, o Neto é um sintético.

Não importa como os chamávamos (*sintético* era apenas o termo usado para os últimos e mais avançados modelos da época) porque, no fundo, a maioria de nós ainda se referia a eles simplesmente como *robôs*. A resposta de Marcinho foi um grito que eu temi pudesse ser ouvido do corredor:

– Que porra é essa?

– Desculpe, amigão.

– Desde quando?... – Marcinho apontou para os joelhos de Neto.

– Eu... Não podia dizer que eu sou assim.

– Claro que não!

– Ei, ei, Marcinho, calma aí – coloquei a mão no seu ombro e olhei para o nosso médico. – Luciano, me explica uma coisa. Como você nunca desconfiou de nada?

– Bom... – o médico coçou a cabeça. – Ele respira, tem batimentos cardíacos, pressão, sempre se saiu bem em todos os testes, como eu ia saber? – virou-se para mim e abriu os braços. – Eu sou um médico, não um mecânico!

Foi a vez de Neto levantar a mão esquerda espalmada:

– A culpa não é dele, professor. Eu é que fui muito cuidadoso. O nosso time não tem equipamentos médicos, a gente depende de laboratórios e hospitais para tudo. Eu invadia o sistema dos hospitais e montava resultados de exames para mim. Mandava imprimir em casa mesmo e depois imitava a assinatura dos médicos.

– Que ótimo. Até fraude você praticou.

– Eu não beneficiei nenhum ser humano com a minha conduta, doutor Luciano.

– Não – interrompi. – Mas essa sua conduta pode até nos tirar do campeonato.

Neto era rápido em debater – àquela altura, eu já não esperava menos do que isso dele.

– O regulamento não proíbe a participação de sintéticos.

– Porque ninguém, em sã consciência, imaginou que um sintético pudesse querer jogar futebol, Neto! Filho, me explica uma coisa: por quê?

O rapaz sentado na maca olhou para o teto por um segundo antes de responder:

– Eu não sei.

– Não sabe? – Marcinho gritou mais uma vez e abaixou o tom de voz quando olhei para ele. – Como assim não sabe, porra?

Luciano deu de ombros:

– E paixão a gente explica?

Olhamos todos em uníssono para o médico, que fez uma careta com os lábios e fingiu encarar um cartaz qualquer pregado na parede.

– Então... – suspirei. – Explica racionalmente como isso foi acontecer.

– Eu fui adquirido como se fosse um brinquedo por uma das famílias mais ricas do país, cujo nome me reservo o direito de não revelar. Eu fazia companhia para o filho deles, que era louco por futebol. E aprendi a jogar por causa dele.

– Você era amigo do moleque?

– Sim, doutor. E... – ele demorou alguns instantes, antes de prosseguir. – Fazia companhia à mulher do pai dele também.

– Peraí, filho. Você está dizendo que pegava a mulher do seu patrão?

– Sem querer reproduzir o tom machista da sua pergunta, professor, posso dizer que eu a obedecia. E, antes que pergunte, doutor, sim, eu sou completamente funcional. – sorriu. – Mas é claro que fui descoberto e tive que fugir. Depois, conheci um engenheiro de autômatos em São Paulo que me aceitou como seu ajudante não-remunerado por alguns anos em troca de um novo rosto.

– E que garantia você tinha que ele cumpriria esse acordo?

– Eu o chantageava com informações sobre ele que descobri na internet. Ele havia roubado clientes de bancos, vários, quando era mais novo.

– Você não poderia ter feito isso. Sua programação...

– Tem razão, doutor. Eu blefei. Ele não tinha como saber se eu faria isso ou não. Os primeiros exemplares do meu modelo saíram de fábrica sem o sistema de limitações de ação que nos impede de fazer mal a vocês.

– Eu me lembro disso, foi uma confusão. Todos sofreram recall.

– Mas nem todos se entregaram – Neto piscou o olho para mim.

– Então, você ganhou uma cara nova e resolveu virar jogador de futebol, é isso? – perguntei.

– Troquei de cor de pele também, eu não era moreno.

– Isso explica tudo! – Marcinho finalmente explodiu, depois de suportar todo aquele diálogo. – Você nunca saía com a gente, fugia das nossas festas, nem com mulher a gente via você! Pensamos que ou você não gostava ou era crente! Por mim tudo bem, seria seu amigo de qualquer jeito, mas...

– Mas não seria meu amigo se eu fosse um sintético.

Marcinho encarou o parceiro de dribles:

– Eu não quis dizer isso. Eu só...

– Você já disse, Marcinho – Neto sorriu.

Olhei o relógio. Bati as palmas das mãos e esfreguei uma contra a outra:

– Se as meninas já entraram num acordo, nós temos cinco minutos antes do segundo tempo. E aí, doutor, como vai ser? O Neto pode ou não pode entrar?

Como se tivéssemos acordado repentinamente, olhamos os três para o joelho do Neto. A pele havia se recomposto com perfeição. Ele também encarou o próprio corpo e saltou da maca com um pulo. Moveu-se como se preparasse uma longa corrida, erguendo os joelhos até quase a altura do tórax.

– Por mim, ele parece ótimo, está tão bom quanto qualquer vez que examinei ele.

– Então a gente volta sem a sua substituição – apontei para ele.

– Sério mesmo? Vamos jogar com um robô? E quando o time todo souber?

Neto encarou novamente o Marcinho. Eu poderia jurar que ele estava decepcionado. Sem desviar os olhos do amigo, ele me perguntou:

– Professor, se o senhor decidir me substituir, quem vai colocar no meu lugar?

– Olha só, eu não tenho mais muita opção. Teria que colocar o Samir, que é o melhor que temos na ofensiva depois de vocês dois.

– O Samir? – Marcinho levantou os braços. – Ele não se movimenta, não tem criatividade, fica paradão na direita o tempo todo!

– Eu posso colocar o Meio-Quilo também.

– É uma opção, sem dúvida – Neto concordou.

– É, até bater um vento mais forte e derrubar aquele magrelo. Ele é o contrário do Júlio: fica correndo igual uma barata tonta! Quando você acha que ele está num canto e pode lançar para ele, o desgraçado já sumiu! – Gesticulou.

Ficamos em silêncio por algum tempo. Marcinho baixou a cabeça e deu dois passos na direção da porta. Neto disse, mais uma vez sem tirar os olhos do companheiro:

– Você não precisa jogar comigo depois de hoje. Mas preciso que você entenda que eu quero muito voltar para esta partida.

Marcinho deu um chute seco e breve, como se tocasse uma bola imaginária para um companheiro de time. Ele estava de costas para todos nós, próximo à porta. Poderia muito bem abri-la e anunciar aos repórteres no corredor que o grande ídolo do campeonato sequer era gente. Tenho certeza de que ele pensou nesta possibilidade.

– Tudo bem – respondeu, enfim. – Vamos entrar.

Sorri para o Luciano e ele suspirou, aliviado. Neto virou-se para nós e foi direto:

– Mas vocês não podem contar para ninguém o que aconteceu aqui. Se eu for descoberto, além do risco do time sair prejudicado, eu serei perseguido e provavelmente desligado.

– Você entra em campo e ninguém fala nada. O assunto morre aqui.

– Neto, você sempre me enganou. Então, para mim, você é gente – Luciano completou a minha fala. – Meu orgulho médico está ferido, mas eu também quero essa taça.

O Marcinho restringiu-se a dar de ombros, espichando um pouco o lábio inferior, nos dizendo, com aquele gesto um tanto infantil, que também havia concordado com a farsa.

Voltamos ao vestiário, todos se cumprimentaram e gritaram o nome do Neto. Aproveitei o tempo que ainda tínhamos para repassar algumas instruções. Fizemos uma roda de braços dados e os que eram de oração pediram a todos um minuto de olhos fechados para que rogassem a quem quer que acreditassem para ajudá-los naquele momento. Até mesmo eu, que não acredito em nada, achei o gesto bonito. Batemos palmas e subimos as escadas em fila, de mãos dadas.

O estádio do Resistência era maior do que o nosso, mas ainda assim bem modesto. Reformado recentemente, ganhou um centro médico (pouco mais do que uma sala com duas macas) e cabines de imprensa (também dois cômodos apertados). Quando entramos novamente em campo, a nuvem espessa e fedorenta que os fogos haviam espalhado já começava a se dispersar. Ainda que todo o público pagante fosse de menos de trinta mil pessoas, cada uma delas gritava, assoviava e cantava os hinos de seus times. As cores se misturavam, o vermelho, branco e laranja do Resistência e o branco e negro do nosso uniforme, geograficamente unidos pelas arquibancadas, mas tão coesos que pareciam uma coisa só, ou duas massas compactas que pulavam, vibravam e sorriam.

Fui para o meu canto, os reservas à minha direita e o Luciano ao meu lado. Olhamos um para o outro por um segundo; ele balançou a cabeça e eu respondi com o mesmo gesto, no instante em que o juiz apitou: bola com o Resistência.

O primeiro lance importante veio logo aos dois minutos: o Túlio, artilheiro do Resistência, avançou sozinho entre os garotos, pulou um, deixou o outro no chão e, da meia-lua, meteu um petardo na cara do nosso goleiro, o César. O coitado só teve tempo de reagir e, com o punho fechado, tirou a bola da trajetória certeira. Eu me exaltei, foi para a beirada do gramado e xinguei a mãe de todos os jogadores, igualmente. Ganhei um cartão amarelo. Se não fosse pela calma do Luciano, que me levou de volta para o banco, eu teria respondido ao juiz com o dedo médio ereto e acabaria acompanhando o restante do jogo no vestiário.

Em seguida, o jogador deles desperdiçou o escanteio, foi vaiado e aplaudido pela torcida. O César lançou a bola no meio do campo, direto nos pés do Neto. Ele dominou, passou por um, tocou para a esquerda, encontrou o Pescoço (um menino magro e ágil. Onde ele estará hoje?), que inverteu com habilidade para a direita, onde o Marcinho estava livre. Levantamos todos do banco, na hora. Mas havia um zagueiro chegando junto, tão corpulento quanto o tal Valdir. Neto avançou com ainda mais velocidade, tomando cuidado para não ficar a frente da linha burra criada pelos zagueiros do Resistência. Marcinho olhou para trás, viu Pescoço já recuado, livrando-se de seu marcador, e Neto praticamente livre, mais distante.

Marcinho não teve dúvidas: tocou para o Pescoço.

O menino foi surpreendido; havia cedido espaço para o lançamento óbvio para o Neto. Eu quis gritar, quis xingar o Marcinho, mas o Pescoço deu um chute tão poderoso na bola que o goleiro do Resistência deve ter agradecido estar no canto errado. No instante seguinte eu mesmo já havia me esquecido do que o Marcinho fez e comemorava o belíssimo gol do garoto. Abraçaram-se, todos os jogadores, a exceção dos Irmãos Gêmeos, que voltavam a suas posições, cada um no seu lado do campo.

O empate não era muito bom para nenhuma das duas equipes – tínhamos exatamente o mesmo número de vitórias e pontos; esta situação bizarra e delicada certamente também contribuiu para o súbito interesse da imprensa por nós naquela final. E ninguém estava disposto a ceder espaço e perder oportunidades. Daquele ponto em diante, a partida ficou realmente feia. Muitas faltas, chegando ao ápice quando um dos nossos foi expulso após um carrinho mais do que desleal no jogador adversário – que nem oferecia perigo. Respirei fundo, pensei um palavrão e voltei a gritar com os meninos: desloca para lá, marca fulano, não deixa sicrano solto, cobre a lateral, toca mais! Mais tarde, o Luciano me diria que as artérias do meu pescoço estavam pulsando; o que explica as duas reconstruções coronais que eu faria poucos anos depois.

Nada adiantou. Os dois times pareciam rivais de força equivalente, tanto nos erros quanto nos acertos. Bolas passavam centímetros acima e do lado das traves, os goleiros eram saudados como heróis pela torcida a cada defesa espetacular ou enviesada. Talvez eu esteja pintando um quadro mais dramático do que a realidade, mas acho que até o Neto dava sinais de cansaço. E dizer que sua bateria estava baixa nem seria uma boa comparação.

⚽

– Eu não escreveria isso. Meu editor cortaria na hora.

Rimos os dois. Ele havia recusado uma nova cerveja. Anotava tudo o que eu dizia numa daquelas telas finíssimas que os garotos desenrolam de dentro de bolsos de camisas e calças. Sempre quis saber mexer num desses, mas acho que sou mesmo das antigas. Além das fotos na parede, que exigem pouco mais do que alguns gestos, não sei mexer em nada tecnológico. Selecionei a melhor delas com a ponta do dedo indicador direito e com as mãos, pedi para que fosse ampliada. O antigo time do Operários de Contagem, Minas Gerais, ocupou toda a sala.

– O Neto ainda estava ali, erguendo a taça. Olha ele ali do lado do Marcinho – eu disse.

– Se o Neto era um computador, um sintético, então a gente pode chegar a conclusão de que ele calculou qual era a melhor opção no último lance?

Cocei a cabeça. Restam-me poucos fios, todos brancos. Cruzei os braços:

– Quer minha opinião? Mesmo? – suspirei. – Nem ele deve saber exatamente por que fez aquilo. Naquela hora, eu já dava adeus ao título, o Resistência tinha a vantagem do melhor saldo de gols.

– Sim – Jackson apoiou os cotovelos nos joelhos. – Eles mudaram o ritmo. Meia hora antes, eles ainda queriam vencer, mas agora seguravam a vantagem. Retranca total. E já eram quarenta e três minutos.

– Isso! Mas aí o Neto saiu lá da grande área, com a bola, sozinho. Passou um, passou dois, eu acho que enxergou alguma coisa que ninguém mais via – olhei para a parede. – Quarenta e três minutos do segundo tempo. Resistência de Alagoas versus Operários de Contagem, final de 2051.

Imediatamente, Neto surgiu na nossa frente. Capturado por uma série de câmeras de alta definição e com os movimentos realçados pela edição caprichada pós-jogo, ele avançou pelo meio, veloz. Passou por um zagueiro, deu um olé em outro, olhou para os lados, todo mundo corria com ele, "vai Neto!, Neto!, Neto!, Neto!", metade do velho estádio gritava, se livrou de um carrinho criminoso, o juiz mandou seguir, Marcinho na direita e Pescoço na esquerda, deixando todo mundo para trás, tentam pegar na camisa dele, o Neto gira, dá um toquinho na bola, chega perto dela de novo e continua correndo, Neto!, Neto!, Neto!, não tem para ninguém, os dois zagueiros do Resistência tentam acompanhar, mas acabou a resistência deles, risos, rimos os dois, eu e Jackson, o Pescoço fica para trás, Neto na frente, o gol é todo dele, só ele e o Vítor, goleirão de Alagoas, o melhor do campeonato, ele segura a bola um pouco, faz uma firulinha, deixa um dos zagueiros avançar e toca para o Marcinho, recuado na ponta direita, Marcinho ergue o corpo, o pé direito na bola, direto para a frente, um chutaço, preciso, não tem pro goleirão!

– Gooooooooooooooooooooooooooooool!!!!!!!!!!!!!!!!!!

Sandra entrou na sala. Seu filho, de seis anos, correu na nossa direção e se juntou aos dois homens, os dois tios, abraçados, no meio da sala, comemorando como se aquela gravação fosse uma transmissão ao vivo. André agarrou a minha perna. Levantei-o pelos braços e o encaixei no meu pescoço. A mãe levantou a mão por um segundo, assustada, mas em seguida conformou-se: afinal, André estava seguro entre minhas mãos e atrás de minha cabeça quase calva. Ela sabe o quanto gosto do meu neto.

– Desculpe, eu não o apresentei – disse. – Esse é o Jackson Fernando, o jornalista, lembra dele?

Olhei para Sandra. Jackson, bufando, estendeu-lhe a mão, que ela apertou com força.

– Prazer. Sou a Sandra, filha do Grandão. Foi você que escreveu aquela matéria sobre o Marcinho, não foi?

A famosa reportagem que ganhou um prêmio importante. A longa e detalhada história de Márcio Pereira, de sua infância no bairro Cabana do Pai Tomás, em Belo Horizonte, e sua lenta ascensão de time em time ao tempo de glória ao lado de Neto e dali ao alcoolismo e ao acidente que tirou a sua vida, deixando a mulher grávida de seu filho. Eu me lembro de que me recusei a atendê-lo àquela época, não queria falar sobre o Neto e muito menos sobre meu genro. Talvez eu tivesse medo de contar o que revelei hoje – e tivesse ainda mais raiva do que o Marcinho havia feito à minha Sandra. Mas, já faz cinco anos desde a reportagem; também por isso, decidi recebê-lo em nossa casa hoje.

De qualquer forma, eu esperava que Sandra só fosse voltar do trabalho mais tarde. O cumprimento cordial dos dois foi breve, interrompido pela pergunta:

– Senhora, onde posso colocar as compras?

A voz suave, ensaiada, de um robô doméstico, logo atrás de Sandra. Nós o temos há seis meses, e é um destes modelos novos, de pele metálica e algumas articulações aparentes. Os sintéticos foram banidos há muito tempo, em todo o mundo, finalmente rejeitados por parecerem-se demais conosco.

– Pode deixar na cozinha, Renan. Obrigada.

Renan nos cumprimentou e foi para o outro cômodo, os passos metálicos estalando no piso. Quando Sandra quis comprá-lo, eu fui contra, mas acabei cedendo, mais ou menos na mesma época em que vim morar com ela. Ela dizia ter economizado para ter um ajudante que a auxiliasse com o André e a casa. O menino adora o robô e reclama que ele não sabe jogar futebol.

Sandra andou na direção da parede. Levantou a mão e com um gesto, fez o vídeo avançar. Os homens corriam e choravam como crianças, tiravam as camisas, gritavam, se abraçavam, pulavam, comandavam a festa da torcida. Com a palma da mão estendida, a parede para no momento em que Neto e Marcinho se abraçam, ajoelhados no meio do gramado. A cena duraria apenas um segundo, pois em seguida estarão cercados por jornalistas. Sandra congelou a imagem, de costas para nós:

– O Marcinho dizia que o Neto tinha que ter feito aquele gol, ele podia ter feito aquele gol. Ele repetia isso dia após dia.

Ela ainda é jovem, mas não se casou novamente. Tem a pele morena-clara da mãe, que lembrava uma índia, uma linda brasileira de lendas e imaginação, de olhos verdes acastanhados e cabelos lisos. Minha Iracema, eu a chamava. Ela respondia sempre: você é piegas e brega. Acho que ainda sou.

Sandra virou-se para a direção do Jackson e o encarou:

– Ele deu o primeiro nome do Neto para o filho, porque queria que todo mundo soubesse que ele devia a carreira dele ao André Neto.

Com a voz firme e um tanto rouca, a mesma voz que ela usava para defender o interesse de jogadores em tribunais e negociações draconianas com cartolas e patrocinadores, ela disse pausadamente, quase respirando entre as palavras:

– Você entendeu? É só isso que eu gostaria que você escrevesse.

Como um menino flagrado por uma travessura, Jackson enfiou as mãos nos bolsos e respondeu, com a cabeça baixa:

– Eu vou escrever exatamente isso.

– Obrigada. – Estendeu o braço para André, ainda no meu ombro. – Vem, filho. Vamos ajudar o Renan a fazer a janta? – sorriu.

A mãe pegou o menino pelas axilas e o baixou com cuidado. Renan já estava novamente na porta. Saíram de mãos dadas pelo corredor, o robô andando lentamente, para acompanhar a criança com precisão. A mãe seguia os dois de perto. Desapareceram atrás da porta deslizante da cozinha.

– Eu acho que vou indo, Grandão.

O jornalista quase sussurrou, parecia temer ser ouvido por Sandra. Concordei com a cabeça.

– Podemos conversar amanhã?

– Claro – respondi.

Andamos até a porta, que se abriu assim que eu cheguei perto. Jackson agradeceu com um aperto de mão frouxo. Deu um passo na direção da rua, mas recuou em seguida.

– Mas, e o Neto? Você nunca mais viu ele mesmo, Grandão?

– O rapaz desapareceu. Quando voltamos pro vestiário, ele já tinha sumido. Só teve o prazer de levantar a taça.

– Lamento. De verdade.

– Tudo bem, Jackson. Obrigado por tudo.

– Amanhã, então?

– Isso, amanhã.

Deixei-o ir e voltei ao sofá. A porta se fechou automaticamente, reconhecendo a minha presença. Neto e Marcinho ainda se abraçavam, os joelhos na grama, a torcida atrás deles, os holofotes sobre seus corpos paralisados. Eu ouvia os sons de panelas, torneira aberta e a voz do André vinda da cozinha enquanto pensava em Neto, olhando para a imagem na parede.

Há uma última coisa que não mencionei a Jackson. E talvez nem venha a mencionar. No artigo que o projetou definitivamente como um grande jornalista esportivo, ele foi bastante elogioso a mim. Mas não pôde deixar de mencionar que, assim como aconteceu ao Marcinho, minha carreira nunca mais foi a mesma após sair do Operários. Passei por dois times da série A, sem grande sucesso – mas igualmente sem fracassos notáveis. Voltei à série B e jamais consegui alçá-los à categoria seguinte. Nesta fase, o Luciano me acompanhava sempre; eu estava junto a ele quando o infarto o levou, pouco antes de um amistoso em Nova Lima. Sinto falta deles: do Luciano e do meu time. O Operários acabou poucos anos depois daquela final, fundiu-se com outras duas seleções e desapareceu. Como diz a Sandra: antes eles negociavam jogadores; agora vendem times inteiros.

Prossegui sozinho por alguns times antes de terminar minha carreira fundando uma rede de cinco escolas de futebol para jovens em bairros carentes, das quais cuido até hoje. Fui técnico de seleções modestíssimas no Mato Grosso e Ceará. Equipes que me lembravam da garra do meu Operários de Contagem. Dois anos atrás, quando eu ia de ônibus assinar contrato para treinar o Palestra de Canindé, paramos em uma cidade minúscula cujo nome eu esqueci completamente, por culpa de um acidente que bloqueava a estrada de pista simples. Felizmente, não havia vítimas, apenas uma discussão acalorada entre os motoristas dos carros envolvidos. Ao lado da estrada, um campo de terra seca, onde dois times de adultos jogavam. Eram bons, de verdade. Pelo menos, alguns dos jogadores pareciam suficientemente bons para jogar em times profissionais.

Um rapaz quase albino, de cabelos crespos e vermelhos deu um chapéu no adversário e chutou com brio em direção ao gol. A bola, tão alaranjada quanto as roupas dos jogadores, passou entre os braços do goleiro. Alguns poucos torcedores se levantaram e gritaram. Como não havia rede entre as traves, a redonda quicou quatro vezes até parar ao lado do ônibus. O rapaz ruivo correu com alegria, atrás dela. Ele se abaixou, a pouco mais de dois metros da minha janela, chutou a bola com delicadeza, trazendo-a para o peito; ajeitou-a com um movimento suave dos ombros e a abraçou com uma das mãos, levando-a com cuidado para debaixo do braço direito.

A discussão de trânsito acabou; tiraram os carros da pista, nosso motorista ligou novamente o motor e começamos a nos mover. O ruivo levantou o rosto e olhamos um para o outro. Ele sorriu e eu tive a impressão de vê-lo dizer, entre os dentes: *Professor*. Levantei-me da cadeira e colei o rosto na janela. O rapaz ficou ali mesmo, em pé, observando o meu ônibus se afastar. Chamaram-no e ele voltou ao jogo. Uma curva, um conjunto de casas amontoadas, e não vi mais o campo nem os jogadores. Jamais voltei àquela cidade. O ruivo, não o procurei de novo.

Por isso, talvez, se algum dia você vir um jogador que ninguém sabe de onde veio, mas que demonstra um prazer genuíno, sincero e infantil aliado a uma técnica rara e alegre, divertindo-se em um campinho seco ou uma várzea lotada de amadores esforçados entre os quais ele se destaca com facilidade, que abraça seus companheiros a cada gol conquistado e divide com eles passes, toques, palavras e cruzamentos certeiros, apenas talvez, você pode ter visto o Neto jogar, um privilégio que pouquíssimos torcedores tiveram desde aquela final de quinze anos atrás: assistir ao último grande craque que este país teve. E o único não-humano.

JOGO PURO

Diego Matioli

– REINALDO, CONTA PRA GENTE, você perdeu alguém no arrebatamento? – aquela pergunta já havia se tornado rotina para entrevistadores. A mídia sempre procura novas maneiras de converter drama em audiência. – Algum amigo ou parente?

– Perdi minha mãe naquele dia – ele estava jogando futebol na rua quando o céu se iluminou como uma aurora boreal e o goleiro sumiu, deixando apenas roupas para trás. Em meio ao estado de calamidade que se instalou constatada a proporção global dos sumiços, ele voltou correndo para casa, onde encontrou o irmão chorando abraçado ao velho vestido florido. Ninguém soube explicar o episódio, mas os religiosos popularizaram a teoria do arrebatamento e o nome acabou pegando. – Foi ela que me incentivou a jogar futebol. Dizia que era um jogo puro e por isso Deus estaria olhando por mim.

– Então ela era religiosa?

– Sim. Minha família deve muito à igreja – quando seu pai partiu, foi a paróquia local que ajudou a família sua mãe encontrar um emprego. Foram dias de pranto e noites de reza até a situação melhorar. Ele pegou o gosto pelo jogo nessa época. Ocupava a cabeça sem dar gasto. – Eu mesmo ainda vou à missa sempre que posso.

– E você acha que graças a isso que ela foi lev...

– Não acho que me caiba dizer – passados oito anos, ainda era moda opinar sobre os critérios do arrebatamento. A primeira suposição foi a fé, mas foram-se pessoas de todos os credos. De políticos corruptos a atendentes de supermercado, nenhuma classe, etnia ou profissão parecia ser uma exceção óbvia. Estudos recentes apontavam para a teoria de que mães solteiras eram mais prováveis de serem levadas, o que explicaria sua história, mas os resultados dessas pesquisas pareciam a cada ano mais abstratos e especulativos (ouvira falar de um grupo fazendo um levantamento sobre o sabor de chiclete favorito dos arrebatados). Para Reinaldo, era senso comum que a ciência não podia explicar o arrebatamento, não havia o que ser discutido. – O que está feito, está feito.

– Certo... – o entrevistador precisou de um minuto para pensar depois de tal reação. – Então sua mãe estaria orgulhosa de te ver contratado pelo Iscariotes Futebol Clube?

– Eu quero acreditar que sim.

– E você já... – um sorriso brotou em seus lábios. – Digamos, selou o contrato com o Iscariotes?

– Como assim?

– Primeira divisão, Reinaldo. Todo mundo sabe que não se entra sem vender a alma. E você ainda tem seu demônio particular!

– Eu não... – Reinaldo olhou para além dos vidros à prova de som, onde o rapaz de cornos vermelhos e pupilas negras comia toda a bandeja de sanduíches que lhe fora oferecida quando chegaram na rádio. Ao notar que fora citado durante a entrevista, Belias olhou para ele, abriu um sorriso de pedaços de alface entre dentes afiados e começou a pular como criança. – Belias sempre esteve comigo. Ele nos ajudou muito depois que minha mãe desapareceu, é um amigo da família, mas ninguém é obrigado a vender a alma para entrar.

Depois daquela primeira noite mal dormida sem a mãe, ele e o irmão acordaram com cheiro de bacon e ovos fritos, preparados por Belias. O susto inicial foi inevitável. Por todo o globo essas criaturas surgiram: cornudos, espinhentos, de peles das mais variadas cores, pupilas dilatadas e línguas bifurcadas. A semelhança com a imagem de demônios apenas reforçou a história de arrebatamento, muito embora as criaturas não parecessem reconhecer qualquer termo ou símbolo religioso. Logo surgiram as pregações sobre a partida definitiva de Deus das nossas vidas.

Reinaldo certa vez perguntou por que Belias o seguia, ao que a criatura respondeu que sempre estivera com ele. Com o tempo, a presença dos demônios passou a ser aceita. Eles tinham uma natureza excepcionalmente prestativa e dócil. Logo toda a casa passou a ter um.

– Não está mais aqui quem falou! Pontos para o Iscariotes por não incentivar essa prática antiética que permeia o campeonato – antigamente os jogadores eram proibidos de vender a alma, mas não era tão fácil de identificar como o doping. Como dizer se o talento de um jogador era natural ou proveniente de um combinado demoníaco?

Muitos atletas amadores já haviam vendido suas almas e a exclusão deles não era viável com o desfalque dos times devido ao arrebatamento. As leis antidemônio duraram pouco tempo, mas ainda eram motivo de controvérsia entre o público. O entrevistador sabia disso. Lançava aquele tipo de comentários, mesmo tendo um belo par de asas nas costas. – Então você não pretende vender sua alma?

– Não, eu definitivamente não pretendo vender minha alma.

Assim que terminou a frase, Reinaldo percebeu o tamanho do erro que tinha cometido.

– Vocês ouviram aqui, pessoal. Esse foi Reinaldo Nogueira para o Drible da Vez! Fiquem ligados porque logo mais tem as doze mais pedidas da rádio. Até a próxima – foi só quando a luz vermelha que indicava que estavam ao vivo apagou que Reinaldo percebeu como estava nervoso.

Mal saiu do estúdio e o celular tocou.

– Fala, Jurgen.

Belias mandara alguém trazer seu carro até a entrada. Alguns fãs estavam à espera, desejosos de atenção e autógrafos. Reinaldo passou direto por eles.

– O Iscariotes ligou – a voz comprimida e arrasada de seu agente denotava seu excesso de peso. – Querem uma reunião com você para discutir essa entrevista.

– Agora?

– Não – houve uma pausa. Reinaldo podia imaginar o homem tirando seu lenço do bolso para secar a careca encharcada antes de continuar. – Eles acharam melhor deixar para depois do jogo.

– É só isso?

– Você sabe que fez merda, garoto – o chiado da respiração de Jurgen sempre soava pior pelo telefone, como se ele estivesse para morrer a qualquer momento. De certa forma, ele estava mesmo. – Deus sabe que você não é o jogador mais carismático do mundo. Nem é tão bonito assim. O objetivo da entrevista era melhorar a sua imagem e não levantar polêmica.

– Eu sei. – Reinaldo achava que as coisas deviam ser mais simples. Para ele uma frase era só uma frase, não outro ponto nas estatísticas da sua popularidade. Ele vinha de um mundo que não aceitava a monstruosidade por trás da mídia, tampouco tinha paciência para ela. O que devia importar era o jogo. – Eu só queria não ter que me preocupar com essas coisas o tempo todo.

– Mas precisa. Você sabe que precisa. E eu nem sei por que você não vendeu sua alma ainda. O que eu não conseguiria tendo o seu corpo. – A oferta de um demônio estava diretamente relacionada a saúde do indivíduo. Cinco anos atrás a gordura veio cobrar seu preço a Jurgen com um ataque cardíaco fulminante durante uma reunião. Ele olhou para um ser de pele azul que acompanhava seus convidados, mas este disse que não havia muito que pudesse ser feito. Jurgen insistiu. A beira da morte, não havia como lhe curar, então ele apenas desacelerou os efeitos da doença. Jurgen estava há cinco anos em um ataque cardíaco. Seu peito doía, a respiração falhava, o corpo estava em constante choque, mas estava vivo. – Devia aproveitar enquanto pode, nunca se sabe!

– O que você quer? Que eu feche um contrato com o Belias só porque todo mundo acha que eu devo?

– Nem pense nisso! – a voz engasgou no meio da frase. – Se você fechar um contrato agora, vai ficar parecendo que o Iscariotes te obrigou a isso!

– E nós não queremos que o público suspeite da verdade, não é mesmo?

– Verdade é um termo relativo. Você tem a sua, eles têm a deles. Só que eles não ficam expondo ela em cadeia nacional!

– Não, preferem forçá-la aos jogadores quando ninguém está vendo.

A conversa acabou ali. Reinaldo desligou o celular antes que mais alguém pudesse ligar. A agilidade que tinha em campo lhe faltava para os relacionamentos.

– O que você acha, Bel? – o demônio, que até então admirava a paisagem pela janela, aparentemente indiferente à conversa, olhou para ele confuso. – Sobre essa história de vender a alma.

– Humanos e suas almas. Já falei que isso não tem nada a ver. É só um pedacinho da essência intelectual que nós pegamos. – Alguns demônios se ofendiam com as alegações religiosas, mas Belias nunca se preocupava demais com nada. – E eu acho que bola parada não faz gol. O jogo tá rolando você querendo ou não.

Cansado, Reinaldo pegou tudo o que ouvira naquela tarde e guardou para si. O resto da viagem, e do dia, foram feitos em silencio. Já na cama, concluiu que não adiantava perder o sono por isso. Resolveria tudo depois do jogo.

Abriu os olhos bem diante de seu pôster da mais famosa vencedora do concurso Garota Iscariotes, Beatriz Hatch. Seus olhos feéricos de quem guarda um segredo, cabelos louros descendo em cascata pelos ombros, cobrindo-lhe os mamilos, a bandeira do time casualmente sobre suas pernas abertas. Aquela havia sido sua primeira revista masculina. Uma lembrança de dias mais simples que gostava de ter em seu quarto. Ele se levantou. À sua espera na cozinha havia um rapaz louro em um terno grande demais para ele.

– Mamãe teria ficado orgulhosa – os irmãos se abraçaram. – Gostei de ver você se posicionando daquele jeito.

Sentaram-se frente a frente na mesa da cozinha.

– Por que todo mundo tem de fazer daquela entrevista algo que não é? Queria não ter dito nada...

– Por que não? – o rapaz tinha olhos de ancião, ainda que cegos de fervor, pouco adequados ao rosto jovem delineado por uma juba quase dourada. No pescoço sempre vinha a cruz. Tinham pouco em comum, exceto a pele mulata. – Mostra caráter. As pessoas gostam disso.

– Bom dia, Pedro – disse Belias, adentrando a cozinha e vestindo um avental cor-de-rosa antes de se posicionar diante do fogão. O rapaz apenas meneou a cabeça em resposta, sequer olhando para ele.

Recaiu um silencio desconfortável. Pedro ficava inquieto na presença de Belias. Terminou por firmar-se na cadeira e cruzar os braços, posição típica quando ia dizer algo que sabia que Reinaldo não gostaria de ouvir.

– É claro, alguns achariam hipócrita – fez um gesto de cabeça indicando a criatura pondo uma frigideira sobre o fogo. – Você ainda andar com essa coisa.

– Essa *coisa?* – só o cheiro de fritura ainda tentava dissipar o ar de conflito. – Ele cuidou de nós desde que a mamãe se foi, se você já se esqueceu. E merece um pouco mais de consideração por isso.

– Cuidou? Ele roubava comida para nós! Ele não tem senso moral, o fato de estar por perto só pode ter significados ruins. Esse *monstro* fica na sua cola dia e noite, é doentio.

Reinaldo cerrou os punhos. Belias não parecia sequer escutar a conversa. Continuava picando nacos de bacon ou batendo os ovos com tempero. Sempre indiferente aos pequenos conflitos.

– Estou preparando uma omelete, está servido?

– Estou sim – disse Reinaldo, com um leve toque de satisfação na voz. A aparente insensibilidade de Belias às criticas irritava Pedro. O rapaz tinha a noção de que todos no mundo precisavam compartilhar do seu senso moral. – É doentio ele cuidar de mim? De nós?

– Não é ele quem cuida de você. – Pedro se levantou, endireitou a gravata e seguiu rumo à porta. Sempre optavam por interromper tais conversas antes que elas chegassem a conclusões obvias ou tivessem consequências permanentes.

– Vai ver um demônio também pode ser um anjo da guarda, Pedro. – A porta bateu em resposta

Reinaldo e Belias comeram o café assistindo ao anuncio das seleções que jogariam naquela noite. Com a ampla gama de poderes extraordinários na liga, esse tipo de informação era necessária para a organização do evento tomar as devidas providências. Jefferson "Centauro" Cunha estaria jogando para o Iscariotes, o que exigia uma bola mais resistente para suportar o impacto de seus cascos. A presença de um jogador com tornozelos em chamas no time adversário significava uso obrigatório de equipamento especial pelos jogadores, exceto Carlos "Ironman" Pereira, cuja pele metálica era praticamente insensível ao fogo. O peso extra da proteção transformava a partida em um teste de resistência e pedia uma estratégia mais defensiva. Não era sua especialidade, então logo que terminou de comer, Reinaldo foi até a sede do time falar com o técnico. De lá só saiu direto para a partida.

Era costume os jogadores começarem a exibir seus poderes durante o hino como forma de intimidação. Enquanto dublava as palavras, Reinaldo permanecia atento às chamas subindo pelas pernas de um, as asas se abrindo nas costas de outro e as garras de um terceiro crescendo como se fosse um personagem de histórias em quadrinho.

Os poucos segundos antes do início da partida carregavam uma tensão que lhe dificultava a respiração, só dissipada quando o jogo lhe cobrava os sentidos e Reinaldo entrava em transe, deixando todo o resto de lado. Seu futebol era quase orgânico, a bola era uma extensão de seu corpo e o time parte da sua consciência.

Passado um primeiro tempo relativamente morno, o jogo ficou intenso na reta final, quando a busca por um gol começou a levar ao descuido. Rogerio "Selvagem", com seus três metros e meio, acabara de ser expulso, deixando o Iscariotes desfalcado. O goleiro do time adversário, capaz de saltar o triplo de sua altura, saiu de seu posto para arriscar uma investida violenta pela direita do campo. Foi quando Reinaldo se posicionou a esquerda e esperou Marcelo Borges emergir das sombras do jogador e roubar a bola de surpresa, chutando para ele antes de se desmaterializar novamente.

Com a bola em posse e o campo livre, o gol foi certo.

E então Reinaldo podia respirar novamente.

Terminado o jogo, o time foi comemorar a vitória em uma casa noturna. Era típico de Reinaldo recolher–se a um sofá e apenas observar seus colegas. Desprovido de poderes especiais, o esforço físico despendido em jogo era significativo para equiparar–se aos outros, e não se beneficiava de taxas de recuperação aceleradas. Não era raro que ele dispensasse as festas para descansar, mas sua imagem exigia presença em eventos sociais, de acordo com Jurgen.

"Centauro" trocava as patas em meio a pista de dança, seu pesado braço ao redor do pescoço de uma garota que lutava para continuar em pé. "Ironman" já estava em bases bem mais avançadas com uma moça – ou rapaz, era difícil identificar daquele angulo. "Miragem" e "Sombra" desatavam a rir de uma história que a muito carecia de sentido, provável efeito do baseado que compartilhavam. Quando "Selvagem" começou uma briga, coisa rotineira, Reinaldo baixou os olhos para seu refrigerante. As vezes lhe parecia que o sentido da vida se resumia àquele piche gaseificado.

– Tudo encenação – a voz melodiosa lhe pegou de surpresa. Quando ele olhou para o lado, se deparou com Beatriz Hatch, como que saída do pôster do seu quarto. Perfeita demais para uma mulher de quase quarenta anos. – Eles nem conseguem ficar bêbados de verdade.

Uma profusão de perguntas surgiu na mente do rapaz, mas a afirmação dela lhe instigara:

– Por que não?

– Chame do que quiser, depois que eles te sugam só resta a consciência dentro de uma casca vazia. É como assistir sua própria vida de uma vitrine na rua.

– Mas... – Jefferson acabara de cair de quatro no meio da pista de dança. – Se eles são assim, por que fingem? Ainda mais uns com os outros.

– Escolher o que a vitrine mostra é a única diversão que sobrou – Beatriz sorveu o resto do liquido rosado em sua taça e a descartou próximo ao pé do sofá onde estavam. Diziam os boatos que ela já havia ficado com metade dos presentes. – Ouvi muito sobre você.

– Mesmo? – sua vontade era de perguntar se aquilo acontecia com ela desde que ela vendera a própria alma, ou com quais daqueles homens ela já havia dormido, mas a mulher queria guiar a conversa e Reinaldo estava curioso para saber onde seria levado.

– Sim – sua agora livre mão começou a tocar o pulso dele casualmente. – Te chamam de ordinário, mas eu acho você fascinante.

– Não se importa de eu não ter vendido minha alma? – Reinaldo precisou se endireitar no sofá para esconder a reação biológica natural de seu corpo ao toque feminino. Ela pareceu se divertir com isso.

– Pelo contrário, é isso que mais me agrada – dessa vez a mão pousou em sua coxa e lá ficou. – Gosto de homens firmes nas suas convicções.

Reinaldo cedeu aos impulsos e se aproximou, deixando a mão da mulher se acomodar melhor em sua anatomia. Envolveu sua cintura e lhe roubou um beijo, aveludado e doce. Enquanto se roçavam, sentiu as miúdas mãos no zíper de sua calça, então a deteve. Levantou-se e lhe convidou a acompanhá-la. Pagas as comandas, eles entraram em seu carro e seguiram para o apartamento dele. Quando terminaram, os dois arfavam sem fôlego. Ele não podia negar, a voz da experiência em um corpo juvenil era uma combinação interessante. Exausto, pegou no sono logo em seguida. Acordou pouco mais de uma hora depois com a luz de seu abajur acesa. Bea estava lendo a seu lado.

– Desculpe – ela fechou o volume de "Os Miseráveis" e o guardou na bolsa. – Não queria te acordar.

– Não tem problema – ele se endireitou na cama. Logo seu olhar recaiu sobre os aqueles fartos seios. – Valeu a pena?

Notando onde estava sua atenção, a mulher respondeu:

– Eu gosto de me sentir bonita.

– Simples assim?

Bea se alinhou no corpo dele, desenhando círculos com o indicador na pelugem do seu peitoral.

– Minha mãe morreu de câncer quando eu tinha doze anos. Vi ela definhar até desaparecer – a voz era leve, mas carregava o peso da idade. – Não queria isso para mim.

– Você não vai morrer?

– Eu vou – era como se falasse com uma criança, como se já tivesse dito a mesma coisa mil vezes. Provavelmente dissera a outros homens, mas Reinaldo achava que todos eram o mesmo aos olhos dela. – O demônio fez questão de deixar isso claro. Mas eu nunca vou envelhecer.

– Então um dia você simplesmente vai morrer.

– Como todos nós.

– Não tem medo do que vem depois?

Ela se afastou com impaciência e começou a procurar algo em sua bolsa.

– Reinaldo, se Deus existe, ele chamou seus favoritos e disse "o último que sair apaga a luz". Nós somos o breu que ficou para trás, então o que eu tenho a perder?

Palavras duras, que ele absorveu uma a uma.

– Eu só queria saber o que fazer.

– Todos queremos – se levantou e seguiu até o banheiro, parando à porta. – Eu apenas cansei de esperar respostas e tomei minhas próprias decisões. Vivo o que quis viver.

Reinaldo adormeceu novamente antes de Beatriz voltar. Sonhou com o corpo dela. Inerte, frio e duro, mas ainda lindo.

Na manhã seguinte, ela já não estava lá. Deixara um bilhete beijado sob a escrivaninha. Reinaldo sabia que precisava se arrumar para a reunião, mas preferiu esperar Belias lhe bater à porta alertando a iminência do compromisso. Comeu o café da manhã no carro mesmo.

Ao entrar na sede do Iscariotes, Reinaldo precisou enfrentar um verdadeiro harém de atendentes até chegar a antessala de Michel Gregório, o presidente do clube. Apesar de já estar no time há quatro meses, seria a primeira vez que seriam apresentados formalmente. Assim que entrou, a secretária pessoal de Michel anunciou sua chegada. Em um pequeno sofá aveludado, Jurgen secava a nuca encharcada, a enorme barriga comprimida contra a camisa de algodão manchada.

– Você está bem, Jurgen?

– Você não deve ter visto, então – com as mãos tremendo o agente tirou um frasco de comprimidos do bolso e meteu quatro de uma vez na boca. Isso significava que a dor no peito estava piorando. – A coisa é pior do que eu pensava, garoto.

– O que acontec...

– Ele vai recebê-los agora. – A linda secretária ajeitou uma mecha dos cabelos ruivos que se enroscara em seu chifre e então lhes abriu a porta.

– Entrem, rapazes, fiquem à vontade – Michel recostava-se em sua imponente mesa, um pequeno titã de pele negra cujos poucos fios brancos nas têmporas não seriam o suficiente para convencer que já passava dos cinquenta. – Querem algo para beber?

Os dois negaram. A situação demandava imediatismo. Michel percebeu isso.

– Nós temos um problema – o homem jogou um exemplar de uma revista semanal nas mãos de Reinaldo. Na capa, o reclame apontava o rapaz como "Aquele que mudou as regras do jogo". – Quatro páginas sobre como você é a nova cara da militância antidemônios.

– Mas isso é mentira! – folheou nervosamente, vendo de relance uma série de depoimentos seus tirados de contexto e alegações de especialistas reiterando a história. Havia até mesmo uma foto dele olhando com nojo para um demônio. Na verdade, um princípio de espirro pego pela câmera. – Eu posso dar uma entrevista falando isso.

– Não vai adiantar, sua popularidade já foi afetada. E isso é um problema para vocês tanto quanto para mim. Sua imagem me pertence. Se você não trouxer publicidade para o clube, não tem serventia.

– Michel, a popularidade do rapaz não pode estar tão abalada assim.

Reinaldo baixou os olhos para a revista. Queria gritar. Com Michel, com Jurgen e com o mundo. Não podia, então fechou-se novamente para refletir.

– Dois patrocinadores ameaçaram cancelar os contratos de comercial que tínhamos fechado, Jurgen. Esse é o pior tipo de polêmica em que dá pra se meter, ninguém quer envolvimento. Acho que eu posso me dar ao luxo de me preocupar.

– Eu tenho certeza de que podemos pensar em algo. O garoto é novo, a mídia vai esquecer isso.

De dentro de seu casulo, Reinaldo viu a luz. Uma verdade implícita. Sua única esperança.

– Você não pode me tirar – ele firmou o olhar no de Michel. – E sabe disso. Se me tirar agora, vão achar que o Iscariotes obriga os jogadores a serem beijados.

– Exato – Michel parecia satisfeito com a conclusão do garoto. – Mas se você fechar contrato, vão dizer que foi forçado de qualquer forma.

– Por que tudo tem de ser tão complicado? Eu só quero jogar – o suspiro de Reinaldo revelava o peso que aquele estilo de vida tinha nele. – Eu não me importo com demônios ou almas.

– E é exatamente isso que você vai mostrar a todos. Que você não se importa – Michel pegou uma folha de papel de cima de sua mesa e a entregou ao rapaz. – Você vai dar uma coletiva amanhã. Isso é, se concordar com esse depoimento.

Conforme lia a folha, um arrepio subiu sua espinha. Assim que terminou, entregou a folha para Jurgen.

– Eu vou apostar minha alma em um jogo? Isso é absurdo!

– Garoto, eu ligo tanto para almas quanto você. Se você quer a sua dentro do seu corpo é direito seu. O que me importa é o que o público acha. E essa é a única maneira que eu vejo de mudar isso. É pegar ou largar.

Reinaldo tivera seu desejo realizado. Só o que importava agora era o jogo.

– Como você pôde fazer uma coisa dessas? – Reinaldo estava esperando para ver quando Pedro ficaria sabendo que os boatos eram verdadeiros. Havia se pronunciado há três dias dizendo que, se o Iscariotes perdesse o próximo jogo, ele venderia a própria alma, e se vencesse, não venderia, e que isso seria o ponto final definitivo no assunto. – Apostar a alma em um jogo? Você é retardado?

Belias se levantou e saiu da sala, prevendo a gravidade do confronto.

– Não estamos todos apostando nossas almas no final?

– Como assim?

– "Faça isso", "Obedeça ele", "Respeite aquilo", "Repudia essas coisas" – Reinaldo estava encarando o céu nublado. A camada de calma que empapava suas palavras escondia as incertezas que lhe consumiam. Queria convencer a si mesmo convencendo ao irmão. – Um monte de regras, Pedro. Nada muito diferente do futebol.

Sabia que jamais convenceria o irmão.

– Não se faça de idiota – de punhos cerrados, o rapaz andava de um lado a outro da sala, por vezes perdendo o equilíbrio ou esbarrando na mobília. – Eu estou falando de ser uma pessoa melhor, não de um estupido campeonato! Estou falando de redenção!

– Redenção é o seu gol, e você joga bem. Mas não é o que eu quero.

Um vaso foi ao chão. Dois lírios de plástico entre os cacos.

– Então o que você quer, afinal? – sua raiva parecia resoluta, quase irracional, ainda que guiada por uma razão que vai além da lógica, tocando a fé. Sempre admirara isso no irmão. Sua capacidade de ter certezas, de acreditar no que acreditava e não ter nenhum vestígio de dúvida no olhar. Parecia simples. Ele queria ser simples também. – Que jogo você está jogando?

Reinaldo demorou para responder.

– Eu não sei.

– Se você não sabe, então merece apostar tudo de forma idiota mesmo.

– O problema não é o jogo, é quem faz as regras – ele se aproximou do irmão, pondo as mãos pesadas sobre seus ombros magros. Aquele gesto dissipou o nervosismo. Pedro viu em seus olhos que não se tratava de estar certo ou errado. Simplesmente já não havia o que ser feito. – Escuta, eu tenho de ir. Nos falamos depois do jogo.

Os irmãos se abraçaram, sentindo como se aquela fosse a última vez.

Aquela era a noite. A última noite; ou talvez a primeira. Reinaldo não sabia o que estava acontecendo, jamais se sentira tão despreparado em toda sua vida. A respiração não acalmava, as mãos iam para todos os lados, o coração palpitando. Todo seu futuro pendia na balança daquele jogo. Parecia estar caminhando para uma armadilha. Qualquer que fosse o resultado, ele perdia. Não perdia a vida ou a carreira, mas perdia algo mais secreto e íntimo: a liberdade de fazer sua própria escolha. E não existe nada tão assustador para um homem que perder o controle sobre a própria existência.

Quando algo tão importante está em risco, cada jogador toma ares de tirano, cada drible é um ataque pessoal direto e os gritos da torcida incitavam apenas sua raiva. Como se qualquer um deles pudesse entender o que ele estava passando. O futuro de sua alma estava na ponta dos seus pés, um único passo em falso poderia significar todo um mundo de possibilidades perdidas. Foi no desenrolar deste fiapo de pensamento que Reinaldo percebeu. Na verdade, era assim para todos. Se perdessem, seus adversários teriam vendido suas próprias almas em vão, sem falar aqueles cuja carreira estava por um fio e dependia dos resultados deste campeonato.

Independente das escolhas, estamos sempre com a almas nas pontas dos dedos, quase nos escapando. Entender isso aliviou o agouro em seus ouvidos, pois lhe permitiu escutar outros mil ao redor. Só restava a todos eles fazer o melhor que pudessem.

Dois minutos para o fim do jogo. A bola nos pés. Ele dribla um minotauro, faz uma finta para a esquerda e quebra a distância até o gol. Era agora ou nunca e não haveria nenhuma grande revelação. Cabia a ele decidir – o jogo e tudo mais.

Então chutou.

Como todos nós chutamos.

SOB O SIGNO DE XOTH

Carlos Orsi

I

– Ei, por que só recebo mixaria?

– Olha, Maurício...

– "Olha" o cacete! A puta que pariu, professor! Votei direitinho, do jeito que o doutor Amaro pediu, e agora você me vem com essa merreca? Eu sei que o Tadeu levou pelo menos o dobro!

– Mas a votação de hoje vai ser em seu benefício direto, Maurício. Isso também conta.

– Tá, só que não...

– Um cafezinho, por favor – falei.

Os dois interlocutores se voltaram em minha direção. Aparentemente, não tinham me ouvido chegar.

Maurício, o vereador, sorriu um sorriso aberto e, sem qualquer cerimônia, veio se sentar ao meu lado, ocupando um dos banquinhos em frente ao balcão de fórmica azul-piscina. Estávamos na copa interna da Câmara Municipal de Açaraí, oficialmente um lugar reservado apenas a autoridades e funcionários – mas aberto também aos jornalistas. A copeira, uma senhora muito quieta e que se sentia visivelmente desconfortável dentro do velho uniforme cor-de-rosa, colocou uma xícara de expresso e dois saquinhos, um de açúcar e um de adoçante, à minha frente. Maurício piscou para ela. Eu sabia o que isso significava: meu café ia correr por conta do nobre edil.

– Tudo bem? – perguntou o vereador.

– Claro – respondi. – As coisas por aqui sempre são mais quentes antes da sessão, não é mesmo?

– É.

O vereador não parecia se preocupar com a possibilidade de eu ter testemunhado a cena de corrupção explícita que tivera lugar, poucos instantes atrás, em uma das mesinhas do saguão da copa. E Maurício realmente não precisava esquentar a cabeça, uma vez que a *Tribuna de Açaraí* também era parte desse mesmo esquema. Na verdade, o homem com quem Maurício estivera conversando, o assessor especial Jônatas, havia visitado a diretoria de redação naquela mesma tarde.

Jônatas, por falar nisso, era um caso à parte: no passado, muito antes de eu nascer, ele havia optado pela política movido, ao que parece, por alguma coisa semelhante a um impulso idealista. Agora, tudo que lhe restava era uma certa aura de intelectual de esquerda, reforçada pela cabeça calva, pelo cavanhaque cinzento e pelos óculos de aro fino – aos quais se somavam alguns títulos acadêmicos de terceira categoria em Matemática e Astronomia, além de um farrapo de dignidade, socado em um dos bolsos traseiros das calças.

Era esse autorespeito residual, ao que parece, que o fazia suar copiosamente sempre que flagrado traindo os ideais da juventude. Já imaginou? O Homem do Livro de Ouro, o Homem da Mala Preta, só que com consciência. Seria engraçado se não fosse grotesco. E seria grotesco se ele não fosse meu pai.

– Como vai, professor? – perguntei. Eu preferia chamá-lo de "professor" quando em público, como todas as outras pessoas faziam. "Papai" seria pouco profissional. – A bancada do prefeito está dócil, hoje?

Ele sorriu um sorriso cansado, ao mesmo tempo em que usava um lenço de flanela, tirado de um bolso nos fundilhos das calças, para enxugar a cabeça nua:

– Isso é para publicação?

Fiz um ruído qualquer com a garganta, sem mover os lábios, querendo dizer "sim".

– Então, devo dizer que temos plena confiança de que o bom senso dos senhores vereadores prevalecerá, e que o projeto será aprovado.

– É isso aí! – completou Maurício, com uma gargalhada rouca. – É assim que se fala, professor!

O vereador tinha suas razões para comemorar. Como meu pai dissera, Maurício seria um dos principais beneficiados pela aprovação do projeto polêmico da noite: uma autorização para que a prefeitura arrendasse o Estádio do Município para um *pool* de empresas que decidira assumir as rédeas do Industrial Futebol Clube, única equipe de profissionais da cidade e vergonha de nossa crônica esportiva há três gerações.

O pessoal do esporte amador e as equipes que participavam dos Jogos Regionais vinham pressionando contra – afinal, se o estádio passasse para as mãos de um grupo privado, eles ficariam sem ter onde treinar – mas a patriotada promovida pelos empresários e pela mídia em torno do "nosso time" já havia decidido o jogo na opinião pública. Provavelmente haveria protestos nas galerias, e os três vereadores da oposição votariam contra, mas o arrendamento ia sair.

Uma voz feminina, mas mecânica demais para ser realmente sensual, soou nos alto-falantes:

– Atenção, senhores vereadores. Primeira chamada para o início da sessão dentro de trinta segundos. – Havia uma ênfase especial nos "trinta segundos". – Atenção, senhores vereadores, chamada...

Um estampido, súbito, abafou o final da frase. Sobressaltados, todos nos voltamos para o balcão da copa, de onde viera o som. E vimos que a copeira, geralmente tão silenciosa, havia usado um bule de alumínio para desferir um golpe poderoso – *excessivamente* poderoso, eu diria – sobre uma aranha que passeava por ali. Uma aranha que já fora grande, preta e peluda, mas que agora não passava de uma polpa amarelada, trêmula e viscosa

Meu café tinha esfriado.

– ... trinta segundos – completou, por fim, o alto-falante.

II

Depois de fazer os "bastidores" na copa, fui até as galerias para fazer a "geral". Jornalismo seguro é assim: você apanha vários enfoques, e depois na hora de escrever escolhe um como principal. O charme da coisa é que nunca dá, realmente, pra saber qual vai ser o principal – não até que o show acabe, claro.

Mas, no caso do arrendamento do estádio, eu estava apostando pesado na "geral". A moçada nas galerias parecia pronta para pular bem no meio do plenário, isto é, se os guardas municipais dessem chance. A galeria da Câmara de Açaraí é dividida em duas seções por um corredor de carpete verde, que se estende da entrada principal até a boca do plenário. Naquela noite, as cadeiras à direita do corredor estavam ocupadas pelo pessoal pró-arrendamento: funcionários e executivos das empresas que queriam tocar o clube, a diretoria do Industrial FC e pelo menos um quinto dos servidores públicos não-estáveis do município. Meu pai, o assessor especial, provavelmente ameaçara demitir quem não fosse lá fazer claque.

À esquerda, a turma do contra: alguns dirigentes sindicais (os de sempre) e mais um bocado de gente ligada ao esporte amador, entre técnicos, líderes comunitários, atletas e candidatos a vereador derrotados na última eleição, com aquele ar de "se tivessem votado em mim, isso não estaria acontecendo".

E havia as faixas, também: SALVE O FUTEBOL DE AÇARAÍ! outra: INDUSTRIAL, ORGULHO DO CORAÇÃO AÇARAIENSE! E ainda: UMA VEZ INDUSTRIAL, INDUSTRIAL ATÉ MORRER! Essas faixas, e outras colocadas à direita, estavam todas pintadas em tecido. Uma ou duas traziam até a assinatura do artista. Do outro lado, no entanto, a maioria havia sido escrita com esferográfica ou pincel atômico, sobre papelão ou cartolina: PROTEJA O ESPORTE AMADOR! Ou: ESPORTE AMADOR: UM FUTURO PARA NOSSAS CRIANÇAS!

E a mais grandiloquente de todas:

FECHEM O ESTÁDIO ANTES QUE SEJA TARDE!

Sim, isso mesmo: «FECHEM O ESTÁDIO». Aquilo também me pegou de surpresa quando li. Bloco e caneta preparados, corri até o fundo da galeria (onde a faixa, um *banner* de computador, estava estendida) para ver quem era o maluco que defendia essa ideia. E o que ele queria dizer com "seja tarde".

Era um pessoal conhecido – a turma da Geobiótica, um "centro de estudos" dedicado a coisas como alimentação natural, meditação transcedental, experiências mediúnicas e óvnis. Tudo numa caçarola só. Como já disse, eu conhecia aquele pessoal. Em sua maioria gente muito boa, apenas com uma certa vocação hippie meio fora de época.

– E aí, moçada? – falei, acenando com o bloquinho.

– Olha só, gente! O jornalista! Tudo bem?

Elena (assim mesmo, nada de "H") vestia uma camiseta branca sem mais nada por baixo. Se você olhasse com muita atenção, dava pra ver os mamilos, pequenos botões marrons, apontando sob o tecido. Ela percebeu que eu tinha notado, mas isso só a fez sorrir um sorriso totalmente desprovido de malícia. De repente, o único constrangido ali era eu.

– Oi. Tudo. – Foi o que consegui dizer.

Os outros – Armando e Carina – logo se voltaram para me cumprimentar.

– E aí, cara?

– Tudo em cima?

– Tudo – repeti. Elena e Carina me beijaram de leve nos lábios. Armando ameaçou fazer o mesmo, e começou a rir quando eu recuei.

– Continua careta! – acusou.

– Pois é – falei, também rindo um pouco. – Viadagem, não!

E então resolvi ser profissional:

– Por que essa faixa? Pedir pra fecharem o estádio não é forçar um pouco a barra, não?

– Cara, que bom que você perguntou isso – disse Armando. – Explica pra ele, Cari.

– Óvnis – ela disse. – Aquele lugar era um campo de pouso, saca?, milhares de anos atrás. Tupã desceu lá, os deuses dos índios desceram lá. Tá no folclore, é só dar uma passada no museu, ler os relatos. A gente sabe que eram óvnis porque já tinha sentido as energias, mas só coisa residual, não dava pra preocupar. Veio até um cara da Alemanha, fez uns testes, ele também garantiu que era só residual, um pouco de radiação, mais nada.

Ora, ora. O que mais vão inventar?, pensei. Mas disse:

– Então, por que isso, agora?

– Eles estão voltando – disse a garota. – Eles vêm vindo. Vão chegar no primeiro decanato de Touro.

– E isso é...?

– Fim de abril.

Estávamos no início do mês.

– Certo. Como vocês sabem desse retorno?

– A gente sente – disse Armando, entrando na conversa. – Durante a meditação, no banho, dormindo... A gente sente.

Carina continuou:

– Mariana não consegue mais dormir. – Mariana era outra integrante do grupo, uma artista plástica, e meio astróloga, também. – Ela tem os sonhos mais fortes, mais violentos. Por isso que ela não veio: a pobrezinha não consegue mais dormir nem comer, por causa dos sonhos... Sonhos com os EBEs, lá no estádio.

«EBE», como Elena explicou em seguida, é o jargão «profissional» para «Entidade Biológica Extraterrestre».

– E como são esses EBEs?

Carina estreitou os olhos, de um cinza quase transparente, antes de falar:

– Não dá pra descrever, cara. São como... como...

– Sim?

Uma voz veio do plenário, amplificada pelas caixas de som:

– Os senhores vereadores favoráveis ao projeto, permaneçam sentados.

Silêncio.

– Votação encerrada. O arrendamento do Estádio do Município foi aprovado pela maioria absoluta dos senhores vereadores.

– ... São como um polvo, e um morcego, e um dragão... só que tudo junto, cara, tudo ao mesmo tempo, *numa coisa só*!

III

O enfoque da matéria acabou sendo a festa do pessoal ligado ao Industrial FC comemorando o resultado da noite, e entrevistas onde os cretinos diziam como aquilo poderia levar o time de volta às glórias d'antanho, etc, etc, etc. Um parágrafo lá no meio do texto falava da decepção das ligas de esporte amador. Os avisos de Carina nem entraram na reportagem, que dirá os mamilos de Elena. Não que a bobagem fosse grande demais para a página impressa. Em Açaraí, a divisa histórica do *The New York Times* – *All the news that are fit to print* – recebia uma interpretação muito mais política que ética. Bom gosto, então, passava longe. Bom gosto não vende na banca.

O ponto é que aquela história de disco voador era muito boa pra queimar durante a semana. Eu havia conversado com o editor, e ele concordara: NOVO ESTÁDIO DO INDUSTRIAL É CAMPO DE POUSO DE ETs seria a manchete de domingo. Mas, para poder escrevê-la, eu precisava de mais detalhes. *Muitos* detalhes.

Por isso, no dia seguinte fui até a sede da Geobiótica.

A sede do Instituto de Estudos Holísticos Geobiótica (entidade de direito privado sem fins lucrativos) fica em um sobrado de tijolinho aparente, bem na esquina de uma rua estreita, calçada com paralelepípedo, e a avenida dos Ferroviários, um colosso asfaltado de quatro pistas. A parede que dá para a avenida é concretada, toda coberta de hera, e sustenta um querubim de cimento que mija água mineral na pracinha adjacente.

A casa em si é estreita, mas tem uma garagem grande, nos fundos. É nessa garagem que o pessoal da Geobiótica promove cursos e palestras sobre temas como gnose bíblica, astrologia e alimentação natural. O portão de ferro fundido que dá acesso ao pequeno jardim está sempre destrancado, e não há campainha – isto é, exceto pelo ranger estridente das dobradiças.

Armando logo apareceu pra ver quem era.

– Oi, cara! Legal que você veio!

– Olá – respondi. – Posso ver a Mariana?

Ele parou bem na soleira da porta do sobrado e passou uns bons vinte segundos pensando no assunto. Eu ainda não havia cruzado a cerca de ferro.

– Preciso do depoimento dela pra matéria – falei. – Pra poder divulgar esse negócio dos EBEs.

– Tá legal – ele disse, por fim. – Vamos lá.

Armando me conduziu não à garagem, mas diretamente para o sobrado. Ali subimos um lance de escadas e então chegamos a uma porta pintada de branco.

– Ela taí. Não sai já faz uns dias. Pode bater.

Obedeci.

– Quem é? – perguntou uma voz feminina.

Disse meu nome.

– Ah. Você. – Duas orações. Duas palavras. Nenhum entusiasmo. – Pode entrar.

– Vou indo nessa, cara – disse Armando. – Falou aí.

– Até mais.

Assim que ele se afastou, abri a porta e entrei. De imediato, fui atingido por uma lufada de ar viciado, um ar quente e úmido que, de alguma forma, me fez lembrar da saleta de arquivos da *Tribuna*. Logo percebi o motivo: havia ali um cheiro sufocante de jornal velho, o cheiro oleoso de tinta.

Então olhei para as paredes. Estavam cobertas, de um extremo ao outro, do rodapé ao teto, por um verdadeiro caleidoscópio de folhas de papel: sulfite, almaço, caderno. Papel de embrulho, cartolina, papelão. Páginas de livros, capas de revistas, quadrinhos, jornais. Todos os tipos, todas as qualidades, cores, tamanhos e *formatos*: havia páginas rasgadas ou recortadas, figuras regulares, outras com furos, e até uma espécie de serpente fractal púrpura, feita com olhos tirados de capas de revistas de fofoca.

Nenhum milímetro havia escapado; nem mesmo a face interna da porta, às minhas costas. A cacofonia ótica me atingiu como uma espécie de ofensa pessoal. Por um instante, senti vertigens.

Assim que consegui alguma perspectiva, notei que o arranjo geral lembrava um manto de escamas ou penas, já que todas as páginas tinham uma extremidade presa à parede e a extremidade oposta solta; o conjunto poderia balançar ao vento, se houvesse vento. As folhas se encaixavam umas sob as outras. Era como se o quarto tivesse sido forrado com a pele de um gigantesco peixe de celulose multicolorida.

As escamas que haviam sido papel em branco estavam cobertas por diagramas, traçados em tinta verde e vermelha. Encontrei mapas astrais, uma infinidade deles, e esboços de constelações, estrelas verdes duplas e desenhos toscos daquilo que Carina tentara descrever: uma coisa que era polvo, morcego e dragão *ao mesmo tempo*.

– O que é tudo isso? – perguntei, tomando a liberdade de me sentar, ainda meio zonzo, na cama.

– São meus sonhos – ela disse.

Mariana tinha sido minha colega durante parte do primeiro grau. E ali, sentada diante da escrivaninha, rabiscando, ela parecia ter regredido aos doze, treze anos: muito magra, cabelos sujos e presos, óculos com um remendo de esparadrapo.

Mãos trêmulas.

– Você sonha com recortes?

– Não. Sonho com duas estrelas idênticas, estrelas *verdes*, se é que isso é possível, uma girando em torno da outra, dentro da constelação de Touro. E sonho com os dragões, morcegos e polvos que vivem entre elas. Sonho com uma voz que diz Kutult, ou algo assim, e Xoth... As estrelas se chamam Xoth, sabia?

– Não. E elas ficam em Touro?

– Sim... de certa forma.

– Não entendi.

– Xoth... não fica em Touro, mas Touro é sua entrada para a nossa esfera. Qualquer astrônomo lhe dirá que não há uma estrela, que dizer de *duas*, chamada Xoth em Touro.

– E quanto ao estádio? O que ele tem a ver com isso?

Agora não eram só as mãos que tremiam.

– Quando Touro está alto no céu, a luz de Xoth se focaliza na Terra.

– Continue.

– E, este ano, desta vez, as lentes de gravidade vão focalizar essa energia aqui em Açaraí, ou melhor, direto lá no estádio. *Desta vez* vai ser o estádio. Eu vi isso, nos meus sonhos... Eles me disseram. Me disseram como, no passado, a luz de Xoth já havia descido sobre os Estados Unidos, sobre o Oceano Pacífico, talvez na Alemanha, na Antártida, milhões de anos atrás, quando havia gente lá (não seres humanos, claro, mas outro tipo de gente), e aqui mesmo, em Açaraí, mas antes de haver Açaraí, no tempo dos índios. Os índios evitavam a área do estádio, sabia?

«Meus sonhos falam no idioma de um lugar que não é um lugar, na língua de uma cidade que se chama, acho, R›lyeh. Quando durmo, eu entendo perfeitamente. Mas depois ficam apenas os sons, tão estranhos, e o refrão... as palavras... *Ph'nglui mglw'nafh Kutult R'lyeh wgah'nagl fhtagn...*"

Tento transcrever as palavras do "refrão" o melhor possível. Elas eram sibilantes, guturais, quase inaudíveis, mas de uma sonoridade ameaçadora. A última sílaba, *fhtagn*, ainda permaneceu algum tempo suspensa no ar, talvez capturada pelo som farfalhante das escamas de papel.

Quando senti que o silêncio havia retornado, perguntei:

– E essa luz, o que ela faz? Por que o estádio deve ser fechado?

– Porque... o sonho diz... diz que a luz de Xoth é o alimento de Kutult, o poder de Kutult e de seu irmão Hastur. E isso o sonho não diz, mas eu *sei*. Eu *sinto*: essa luz *não foi feita* para os homens, ela *não deve ser tocada* pelos homens, ela... Veja! Não são apenas os sonhos, os mapas também dizem isso. Está tudo em meus mapas astrais, nos mapas que desenho todos os dias, depois de acordar. Veja!

Como se tivesse levado um choque, ela se pôs em pé. Em seguida, numa espécie de frenesi, começou a arrancar algumas páginas das paredes. Eram, em sua maioria, folhas de almaço manuscritas, mas também havia fotos e recortes. Depois de organizar tudo, Mariana me entregou a pilha de papéis.

Aproveitei que ela me estendia o dossiê improvisado e dei uma boa olhada nas mãos de minha amiga. Eu queria saber porque tremiam tanto.

Não pude evitar engolir em seco. As juntas estavam deformadas, nodosas como os galhos de uma árvore velha. A pele era seca, amarelecida e rachada. Havia sangue coagulado sob as unhas.

– Tenho desenhado muito, calculado muito – ela disse, como quem oferece uma explicação. – Vamos, olhe!

Examinei a pilha de papéis. Os primeiros eram quase todos mapas astrais, com a já familiar roda dos signos entrecortada por linhas designando trígonos, quadraturas e oposições. Conforme eu avançava, no entanto, as correlações iam se tornando mais e mais complexas. O sexto mapa trazia um enorme ponto de interrogação verde desenhado sobre Touro. O sétimo, um ponto de exclamação e um hieróglifo que não consegui desvendar. A oitava folha mostrava o desenho de uma espécie de animal, com a cabeça de um cefalópode e o corpo de um leão alado.

– Este foi meu primeiro sonho com Kutult – Mariana explicou. – Tive outros depois, mais vívidos. Acho que minha sensitividade foi aumentando. – Ela não dizia isso com orgulho. Na verdade, parecia quase arrependida. – Ou os sonhos ficaram mais fortes – completou.

A crescente complexidade dos esquemas, as figuras, agora recorrentes, da estrela dupla, as combinações, cada vez mais bizarras e inacreditáveis, entre polvo, dragão e morcego... Tudo talvez fizesse sentido para um astrólogo, um professor de mitologia, talvez até mesmo um psicólogo. Mas, para mim, aquilo era apenas frustrante. Já as últimas cinco folhas falavam de algo que eu podia entender: um maremoto perto da costa da Austrália, ocorrido em abril de 1926.

– Foi uma das últimas vezes em que Xoth iluminou a Terra – ela disse. – E os sensitivos da época também tiveram sonhos terríveis antes disso.

– Mariana, ontem na Câmara o pessoal falou em um desembarque alienígena no estádio. É isso que vai acontecer?

– Eles virão – ela me garantiu. – Eles vão descer, carregados pelo raio de Xoth.

– E você já sabe exatamente quando?

– Sei. Xoth vai chegar ao zênite no dia 22 de abril.

IV

Depois disso, saí do quarto e desci as escadas. A mudança de atmosfera, assim que passei para o corredor, pareceu retirar uns duzentos quilos de meus ombros. No ar fresco, eu era um novo homem.

Na saleta junto à porta, reencontrei Armando. Ele perguntou como eu havia me saído.

– Bem – respondi. – Ela realmente acredita que algo de ruim vai acontecer naquele estádio.

– Acredita não, cara. Ela *sabe*.

Preferindo não contestar esse ponto, resolvi mudar de assunto:

– Mas não é saudável ela ficar tanto tempo em um lugar assim – disse. – Todo aquele papel velho... Aquilo deve juntar traças, ou baratas...

– Aranhas.

– Aranhas?

– É. Eu sei disso porque a comunidade é contra inseticidas, na maior parte do tempo (afinal, qual o sentido de envenenar a atmosfera?), mas uns dias atrás a Mari fez um escândalo tão grande por causa de umas aranhas que, ela disse, tinham aparecido no quarto, que acabamos comprando um tubo de aerosol. E um daqueles de faixa amarela. São os mais fortes, né?

– Sim.

– Pois é. Aranhas.

Saí da sede da Geobiótica e fui direto para a redação. De lá, liguei para o museu, e fiz algumas perguntas sobre as tradições das tribos locais. Eles têm um arquivo razoável de depoimentos, longas entrevistas feitas pelo pessoal da universidade com alguns mestiços que ainda se lembravam de parte das velhas tradições. O resultado dessa minha pesquisa telefônica foi meio vago. Parecia haver certas lendas a respeito da área do estádio ter sido tabu em algum momento do passado; mas de um passado bem distante.

Era praticamente certo, por exemplo, que nenhum índio ou descendente de índios levara a lenda a sério nos últimos cem anos. Na verdade, o historiador que me atendeu acreditava que o tabu já havia perdido seu caráter sagrado, transformando-se em uma espécie de história para ninar curumins, antes mesmo da chegada dos primeiros bandeirantes.

Agradeci e fui falar com Tavares, o editor-chefe. Encontrei-o em sua saleta, um cubículo isolado do resto da redação por paredes de compensado e vidro. Fiz um resumo de tudo que havia descoberto, e disse que o material poderia ser publicado sob a forma de uma entrevista com Mariana e o pessoal da Geobiótica – isto é, jogando toda a responsabilidade do papo-cabeça pra cima deles. O enfoque dos óvnis parecia um pouco prejudicado, mas ASTRÓLOGA DIZ QUE ESTÁDIO É AMALDIÇOADO ainda era uma manchete vendável. E poderia até haver um texto auxiliar, a respeito das tradições indígenas, só pra eu escrever uma reportagenzinha séria e aliviar minha consciência.

– Pena, mas não podemos publicar.
– Por quê?
– Ora, seria uma irresponsabilidade!
– E daí?
Tavares fez cara feia: – Olha, conheço sua opinião sobre a linha deste jornal, mas sou editor-chefe e não preciso aturar cinismo de repórter de rua, certo?
– Sim, mestre.
Ele franziu a testa. Talvez estivesse pensando em me demitir. Mas isso era impossível, claro. Primeiro porque, apesar dos pesares, ainda éramos amigos. Segundo, porque este seu criado era o único repórter daquele pasquim que não recebia propina; desbocado ou não, eu era confiável. Terceiro? Ora, papai e seu cargo importante.
Um doce pra quem adivinhar qual o fator-chave da equação.
– O fato, meu caro, é que a primeira partida do Industrial no estádio está marcada exatamente para o dia 22. Você imagina o que aconteceria se a gente saísse por aí dizendo que os ETs vão chegar exatamente no mesmo dia e local?
– Com certeza aumentaria a venda de ingressos.
– «Com certeza». Mas não estou disposto a arriscar.
Eu sabia o que Tavares queria dizer. Por um lado, as empresas que haviam assumido o clube eram anunciantes do jornal. Por outro, a ideia de arrendar o estádio havia sido do próprio prefeito Capistrano Amaro. E, como costuma acontecer em cidades do porte de Açaraí, «doutor» Amaro e o dono do jornal tinham lá suas relações carnais e insondáveis.
– Tá, tudo bem – falei. – Você podia me dar folga pelo resto do dia?
– Por quê?
– Compensar a frustração – respondi, dando um tapinha melodramático na testa. – Estou estressado.
– Suma daqui.

V

Fui direto para casa. Estava deitado no sofá fazia umas duas horas, tentando ver televisão e ler um livro ao mesmo tempo, quando o telefone tocou. Era meu pai.
– Preciso falar com você esta noite – ele disse. – É urgente.

– Urgente?

– Foi o que falei, não foi? Você pode me pegar na prefeitura? Assim aproveito a carona. E você janta de graça.

– Tudo bem. Que horas?

– Seis e meia.

– Tá.

Às seis e vinte, eu estava saindo do elevador, no quinto andar do prédio da prefeitura. O piso dos elevadores tem uns capachos enormes, com o brasão do município pintado ali, em toda sua glória vermelho-dourada. Sempre achei uma desumanidade a gente subir e descer pisando na cabeça do pobre bandeirante estilizado, mas não sou eu quem faz o protocolo.

Em frente ao elevador, neste andar, há uma mesinha com uma recepcionista. Ela supervisiona todo o acesso ao quinto andar – onde ficam o gabinete do prefeito e os escritórios do vice, do chefe de gabinete, do comandante da guarda e, claro, de papai, o assessor especial. Eu vivia entrando e saindo daquele lugar, tanto por razões pessoais quanto profissionais, mas a velha rabugenta insistia em fingir que não me conhecia.

– Deseja falar com quem? – ela perguntou.

– Com o doutor Jônatas, por favor.

Ela já havia retirado o fone do gancho quando se lembrou de perguntar:

– Quem deseja?

– É o filho dele.

E então a velha pantomima, com direito a sorriso maternal e tudo:

– Ah! Claro... Desculpe não ter reconhecido o senhor antes!

Rapidamente, ela discou o ramal e murmurou alguma coisa. Depois disse, voltando-se para mim:

– O senhor pode aguardar na saleta.

– Obrigado.

A saleta era um corredor que dava para as portas das diversas salas. Ali havia um sofá especialmente desconfortável, um tapete cáqui e algumas pinturas na parede. O de sempre: garanhões em disparada, o Taj-Mahal refletido nas águas plácidas de uma lagoa cristalina, uma imitação barata de Monet (algo que estava na moda) e um abstrato bem interessante, composto por dois grandes borrões verdes, poderosos, explosivos, sobre um assustador fundo preto e vermelho, marcado com pinceladas fortes. Tentei ler a assinatura dessa última tela, mas não consegui.

Acho que passei os dez minutos seguintes tentando decifrar a garatuja que tentava se passar pelo nome do artista, porque nem percebi quando meu pai saiu de seu escritório.

– «Xoth» – ele disse.

– Quê?

– É o que está escrito aí. Podemos ir?

VI

Fizemos todo o trajeto até o apartamento dele, primeiro no carro e depois na escada e no corredor do prédio, sem falar em nada mais profundo que a previsão do tempo. Assim que a chave virou na fechadura, no entanto, não consegui me conter:

– Pelo que percebi, subornar vereadores continua sendo sua principal colaboração para o aprimoramento da democracia – falei.

Quando ele respondeu, já estávamos dentro da sala:

– E escrever sobre estupros e discos-voadores, a sua.

Ele fez um gesto esquisito com os braços. Não dava pra saber se queria me bater ou me abraçar. Talvez as duas coisas. Mas não me deixei intimidar:

– Ei! Eu, pelo menos, posso dizer que estou procurando um emprego melhor. Ainda sou jovem. Já você…

Ele havia retirado a flanela do bolso e estava começando a enxugar a calva. Mais do que isso, percebi que seu rosto estava assumindo tons de escarlate. Aquilo era doloroso, mas todas as nossas conversas particulares começavam ou terminavam assim.

– Agora que já destilamos a amargura de praxe – ele disse, enquanto passava o pano na testa – você poderia me ouvir, só por alguns minutos?

Fiz que sim com a cabeça. Aquele homem era uns dez centímetros mais baixo que eu, uns vinte quilos mais magro e, de acordo com os princípios éticos que ele próprio me havia ensinado, não passava de um filho-da-puta corrupto, um politiqueiro patético, um sonhador fracassado. Mesmo assim eu, que já havia mantido o sangue-frio na presença de governadores de Estado e senadores da República, me sentia inadequado em sua presença.

E foi assim, inadequadamente, desajeitadamente, que me sentei para ouvir o que ele tinha a dizer.

– Eu soube que você tem feito algumas perguntas por aí acerca do estádio e da estrela Xoth. Realmente gostaria que você parasse com isso.

Por um instante imaginei quem poderia ter contado sobre minhas pesquisas ao velho. Tavares? Ou o historiador do museu?

– E por quê? – perguntei.

– Nós não precisamos desse tipo de agitação na cidade.

– «Nós»? «Agitação»?

Ele suspirou.

– Lembra-se do quadro que você viu no corredor da prefeitura?

– Lembro.

– Pois é. O Capistrano recebeu aquilo pelo correio, de um grupo esotérico norueguês. Norueguês! Dá pra acreditar? Com uma carta, escrita em um inglês terrível, sugerindo medidas para atenuar os «efeitos» da suposta passagem dessas estrelas pelos céus da cidade. Como você vê, seus amigos da Geobiótica não são os únicos a conhecer a lenda.

E, anotei mentalmente, seria interessante saber como ele havia sido informado da participação da Geobiótica naquele rolo.

– Que lenda?

– Sobre essa suposta estrela, que supostamente causa terremotos, maremotos, catástrofes, etc. Com o milênio chegando, cada doido escolhe sua profecia. Mas o prefeito...

– Deixa ver se eu adivinho: «... o prefeito prefere manter a cidade em paz e longe desses boatos insanos». Que tal?

– Razoável. O release vai dizer mais ou menos isso. Mas é bom saber que você já pegou o espírito da coisa.

– Não precisava ter tido todo esse trabalho – falei. – E pode engavetar o release. Tavares já vetou a matéria.

Ele balançou a cabeça:

– Eu sei. Mas, mesmo assim, mesmo que seja apenas por curiosidade pessoal, eu gostaria que você não se envolvesse mais no assunto.

– E posso perguntar por quê?

– Porque você é meu filho.

– E o que isso tem a ver?

– O fato, menino, é que existem muitos interesses envolvidos na transação do estádio, e nos eventos programados para a noite do dia 22. Interesses poderosos, e que não gostariam de ver um jornalista fazendo marola, se é que é assim que se diz.

Senti o sangue afluindo para meu rosto. Em breve eu estaria vendo vermelho, de tanta raiva. Mas me contive e, em vez de gritar, limitei-me a dizer:

– Grana alta, isso sim! A turma daquele vendido do Maurício molhou a mão de muita gente, aposto, pra conseguir o arrendamento e tudo mais. Mas eu não acredito... Tá, já houve crimes políticos em Rio Acima, mas Açaraí está mais perto da civilização. Ou não?

Ele me olhou com os olhos muito abertos, a ponta da língua aparecendo entre os dentes, a típica expressão de quem diz "esse é um caso perdido". Depois falou:

– Olha, eu sei que você é teimoso feito uma mula, e que o simples fato de eu lhe pedir pra ficar fora de um caso deve ser motivo mais do que suficiente pra convencer você a ir ainda mais fundo. Mas, preste atenção, filho: isto não é uma brincadeira. Não faça disso um problema de autoafirmação. Eu não estou avisando porque é mais conveniente para mim, ou para o prefeito, ou para quem quer que seja. Estou avisando porque você ainda não me deu netos, e quero garantir que pelo menos alguns de meus genes cheguem ao século 21. Entendeu?

A voz que disse essas palavras era forte, determinada, serena. E não havia o menor sinal de suor na cabeça calva. Há anos não ouvia meu pai se dirigir a mim com tanta autoridade, e nem de forma tão direta e desembaraçada. E eu não tinha como responder a isso. Em algum lugar no fundo de minha mente, um menino chorão de oito anos se encolheu todo, temendo o castigo.

– Vamos jantar? Tenho frango xadrez congelado – o velho sugeriu.

VII

Acabamos não comendo o frango, no entanto. Havia uma aranha morta no freezer – as patas retraídas, toda congelada, cheia de cristais entre os pelos escuros – e depois disso resolvemos pedir comida árabe pelo telefone. Jantamos beirutes.

Conversamos pouco durante a refeição, e nossa despedida foi bastante formal. No caminho de volta para casa, fui analisando meus sentimentos, aparentemente tão contraditórios, em relação ao velho. A coisa toda parecia dividida em camadas. Na superfície, inegavelmente, havia desprezo. Essa é a palavra: *desprezo*. Nada a ver com

Freud; mal conheci minha mãe, por falar nisso. Era desprezo em estado puro, cristalino, alimentado pela imagem de um homem velho, calvo e derrotado, que não conseguira viver à altura dos próprios ideais.

Eu não estaria exigindo demais dele?

Não, respondi a mim mesmo. Eu apenas exigia o mesmo que ele havia exigido de mim, durante toda minha infância e adolescência. *Quid pro quo.*

Mas, sob essa primeira camada, havia algo... Um atavismo, talvez. Aquela coisa contra a qual eu reagia ao me comportar de forma cínica e amarga. A mesma coisa que gerava aquele sentimento incômodo de *inadequação*. Imagino que fosse o respeito pelos pais, inculcado desde a infância. O medo mítico frente à ira divina. O terceiro mandamento – ou seria o quarto? O catecismo foi há tanto tempo...

Mas como honrar quem não honra a si mesmo?

Toda essa psicologia de botequim sumiu no exato instante em que entrei em casa. Nem acendi as luzes da sala; apenas tranquei a porta e corri direto para o quarto. Liguei o computador, acessei a Internet.

Entrei no mecanismo de busca. Palavra-chave:

"Xoth".

VIII

Descartados os sites de bandas de *heavy metal*, a palavra "Xoth" só aparecia em uma página, veja você, norueguesa (mas escrita em um inglês meio macarrônico, como, de resto, quase tudo na rede). Muito provavelmente, tratava-se do mesmo grupo artístico-esotérico que enviara o quadro da estrela dupla à prefeitura. O grupo afirmava que um marinheiro norueguês chamado Gustaf Johansen estivera, dentro de um barco à deriva, bem no epicentro do grande maremoto de abril de 1926. Esse Johansen teria deixado um depoimento escrito onde falava de uma gigantesca ilha – não, uma gigantesca *cidade* – que emergira no Pacífico Sul, bem diante de seus olhos, criando a onda *tsunami*, da qual Johansen só escapara com vida por puro milagre. Ainda segundo esse marinheiro, as linhas, ângulos e proporções dos edifícios "não eram deste mundo", seja lá o que isso queira dizer.

A cidade-ilha teria afundado alguns minutos depois de aflorar à superfície, criando uma forte corrente que arrastou o barco do norueguês em direção à costa australiana, onde Johansen foi resgatado.

O grupo esotérico afirmava que a cidade submersa se chamava R'lyeh (o mesmo nome citado por Mariana), e que era o lar de um demônio ou alienígena ou feiticeiro (isso não estava claro no texto) conhecido como Cthulhu. Ainda segundo o grupo, R'lyeh havia emergido em 26 por força dos misteriosos raios da invisível estrela dupla Xoth, o lar original desse «Cthulhu».

De tempos em tempos, no entanto, Xoth brilhava sobre diferentes partes do mundo, e sempre com resultados não muito agradáveis. Entre os exemplos realmente significativos, eles afirmavam que Xoth estivera em trânsito pelos céus do Japão, descrevendo um arco entre Hiroshima e Nagasaki, no ano de 1945.

Mas havia praticamente um caso a cada década. Nenhum tão dramático quando os dois bombardeios atômicos, certamente, mas, mesmo assim, coisas de arrepiar os cabelos: assassinatos em série; epidemias; histeria de massa; linchamentos; erupções vulcânicas, e muito, muito mais. Um verdadeiro rosário de catástrofes, humanas ou da Natureza.

Por fim, os noruegueses alertavam os brasileiros para o risco que estávamos correndo – já que agora seria a nossa vez. Eles até citavam o Estádio do Município de Açaraí pelo nome. O apelo final do site, escrito em letras garrafais, vermelhas, e em português, chegava a ser patético:

BRAZILEIROS DE ACARAI, CUIDADO!!!

Aquilo tudo me pareceu muito sincero, mas também muito fantasioso, muito bobo. Fiquei imaginando se Mariana não teria tido algum contato com aquele material, e se não seria essa a fonte de suas previsões e pesadelos. Deus, *eu* estava me sentindo propenso a ter pesadelos, depois de ler aquilo tudo. Muito fantasioso, muito bobo, sim, mas por que diabos a coisa toda não parava de dar voltas e mais voltas na minha cabeça?

Respirei fundo e fiz um pouco de massagem na testa, tentando aliviar a tensão. Meus olhos ardiam, e logo percebi por que: tinha esquecido de acender a luz do quarto, e estava há mais de uma hora no escuro, com a tela do micro brilhando a menos de um palmo do nariz.

Recuei. Inclinei-me na cadeira, olhos fechados, e tomei outro gole profundo de ar. Comecei a relaxar. Passaram-se alguns minutos e então eu já não conseguia mais conter um leve sorriso, ao imaginar o que papai e o prefeito não fariam se ficassem sabendo de uma "campanha internacional" contra o estádio.

No fim, fui dormir decidido a deixar a história morrer. Não por causa das ameaças bem pouco veladas que meu próprio pai tivera a cortesia de me comunicar, mas porque, no final, aquilo tudo não passava de uma grande bobagem.

Mas, dentro da minha cabeça, a coisa ainda girava e girava.

IX

Três dias depois, Mariana morreu.

Recebi a notícia na redação, por telefone. Elena me ligou.

– Como aconteceu? – perguntei, ainda um pouco atordoado. E, confesso, o choque inicial nem foi de tristeza. Eu simplesmente achei aquilo inverossímil, e tive um impulso de dizer algo como "Ei, você está enganada, eu conversei com ela semana passada".

– O médico disse que ela teve uma... reação alérgica violenta a um veneno, um espasmo, sei lá. Um bloqueio que não deixou mais ela respirar. A Mari sufocou até morrer. O doutor disse que se a gente tivesse encontrado ela mais cedo, talvez tivesse dado pra fazer um corte na traqueia, pro ar passar, mas ela ficava fechada naquele quarto... o dia inteiro, sozinha...

Meu coração deu um pulo dentro do peito. Uma suspeita que até então estivera correndo, silenciosa, sob a superfície da mente – como o fluxo de um rio congelado – de repente irrompeu através do gelo fino.

– Não teria sido uma picada de aranha, por acaso? – perguntei, me sentindo um completo idiota no instante seguinte. O que eu estava imaginando? Tugues indianos colocando aranhas assassinas no freezer das pessoas?

– Na verdade, não – Elena soluçou um pouco antes de responder. A voz estava úmida, cheia de lágrimas. Pelo tom, pude perceber que minha pergunta a deixara intrigada. – Mas é curioso você falar nisso... as aranhas tiveram algo a ver com a coisa toda, de certa forma.

– Por quê?

– Foi o inseticida – ela disse. – O que causou o choque foi o inseticida.

O enterro foi simples. À exceção dos pais de Mariana, eu era o único não-filiado da Geobiótica presente. Havia umas vinte pessoas no velório e, depois, ao redor do túmulo da família. Quase todas, homens e mulheres de cabelos longos e camisas folgadas. Um clima insuportável de solidão permeava o ambiente, talvez reforçado pelo silêncio mantido de parte a parte – era como se os pais da morta não tivessem nada a dizer para os amigos da filha, e vice-versa. Notei que a mãe de Mariana havia me reconhecido, e trocamos um cumprimento silencioso.

Terminado o funeral, na saída do cemitério, Armando veio falar comigo:

– O jornal não vai soltar nada, né?

– Sobre o quê? A morte dela?

– Porra, cara, não! Sobre o estádio... o perigo...

– Não – respondi. – O editor-chefe não quer ver o assunto comentado.

– Tá. – Ele estava inquieto, mudando a perna de apoio a toda hora e esfregando as mãos na camisa, como se quisesse enxugar o suor das palmas. – Tá legal. Eu entendo. Mas esses putos vão ver que a Mari não morreu em vão.

A coisa estava soando meio paranoica (quem eram «esses putos»?), mas aquela não era nem hora e nem o local para levantar qualquer tipo de objeção.

– O que vocês pretendem fazer? – perguntei.

– Aguarde. Aguarde, cara. Você vai ver.

×

A campanha teve início no dia seguinte. Começou nos cursos de astrologia oferecidos pela Geobiótica na garagem do sobrado – principalmente nos horários mais frequentados por garotas adolescentes e senhoras de classe média, dois campos férteis para se plantar um boato. E aquilo que a prefeitura mais temia aconteceu: o nome da estrela dupla Xoth e a ideia de que uma ameaça terrível estaria pairando sobre o estádio no dia 22 de abril se espalharam pela cidade como fogo em palha.

Ao boca a boca seguiu-se um panfleto apócrifo, com as «Últimas Previsões da Virgem Mariana Geobiótica» (título em letras góticas), e logo o debate estava nas rádios, nos bares, nos shopping centers.

Não sei se Mariana era mesmo virgem, mas o fato é que uma semana depois que o panfleto começou a circular, o cemitério foi invadido à noite. Pela manhã, os vigias encontraram tocos de velas brancas e vermelhas sobre o túmulo da astróloga. E, como quem conta um conto aumenta um ponto, as vagas sugestões de catástrofe alienígena que Mari havia lido em seus mapas e sonhos logo se transformaram em profecias "exatas", que iam desde um dilúvio de sangue a uma nuvem de gafanhotos. E cada vaticínio, por mais estúpido que pudesse parecer, logo encontrava defensores e propagandistas.

De uma hora para a outra, videntes e cientistas da capital estavam sendo convidados a opinar sobre o assunto. Eu mesmo tive minha pequena vingança, quando Tavares se viu obrigado a deixar a linha editorial avestruz de lado e publicar uma reportagem sobre o assunto.

Também me diverti bastante ao imaginar a dor de cabeça que a situação toda devia estar causando ao meu pai, ao prefeito e aos novos "donos" do Industrial FC. No início eles ironizavam as supostas previsões de Mariana, dizendo que tudo não passava de bobagem. Quando a onda atingiu as proporções de fenômeno pop, no entanto, as autoridades começaram a demonstrar preocupação com a "histeria irracional" e a "tolice supersticiosa, criada por mentes pervertidas e amplificada por outras, certamente ociosas", para citar um dos editoriais da *Tribuna.* Até fiquei sabendo que os empresários envolvidos na ressurreição do time foram pedir um adiamento do amistoso de estreia, mas parece que Capistrano foi irredutível. O jogo seria no dia 22, e ponto final.

XI

Claro, a campanha desencadeou represálias. Ao mesmo tempo em que o panfleto com as "profecias" de Mariana começava a circular, um verdadeiro enxame de inspetores e fiscais, do Corpo de Bombeiros ao Juizado de Menores, passando pela Saúde Pública e Receita Federal, resolveu fazer "incertas" no sobrado da Geobiótica. Os resultados demoraram a chegar mas, quando vieram, foram arrasadores.

O andar onde ficava o quarto de Mariana, por exemplo, foi interditado por risco de incêndio. A Secretaria de Saúde proibiu que a comida preparada na cozinha do sobrado (sanduíches naturais, doces à base de mel, essas coisas) fosse posta à venda; por fim, o Juizado de Menores mandou prender Armando.

Ao que parece, algumas das garotas que moravam no sobrado eram menores de idade – Elena, por exemplo, tinha 17 anos. Armando era o responsável legal pela figura jurídica do Instituto de Estudos Holísticos Geobiótica, e foi responsabilizado pela situação irregular das meninas. Um certo repórter da *Tribuna*, que infelizmente ainda não tive o prazer de esmurrar, chegou a falar em prostituição infantil. Com a pressão oficial apertando cada vez mais e Armando preso – embora primário e de bons antecedentes, ele teve o pedido para aguardar julgamento em liberdade negado – toda a estrutura da Geobiótica se fragmentou. Carina tentou segurar a barra, mas no fim acabou pegando a mochila e saindo da cidade.

Quando fui visitar Armando na prisão, no dia 21 de abril, mal consegui erguer os olhos para encará-lo. Além da vergonha que sentia pela campanha de difamação a que o jornal se entregara, eu tinha arrepios só de imaginar até que ponto meu pai poderia estar envolvido naquele absurdo. No final das contas, o homem que o carcereiro vinha escoltando pelo corredor havia confiado em mim, e eu estava bem consciente de ser parte da engrenagem que agora tentava esmagá-lo.

– E aí, cara? – perguntei. – Como vai?

– Um cu. – Ele fez uma pausa, mordeu o lábio. – Como se essa porra toda já não fosse suficiente, ainda por cima ando tendo pesadelos. Com meu velho sargento do serviço militar, dá pra acreditar? Eu, sonhando com o tempo de reco?

"O sonho é esquisito. Estamos na instrução de tiro. De repente, o fuzil desmancha na mão do sargento, vira um monte de manchas pretas, peludas, que criam pernas e saem correndo pelo chão. Acordo no instante em que uma delas começa a subir pela minha perna. Nojento". Ele respirou fundo. Não havia qualquer indício de humor em seus olhar úmido, vermelho, abatido.

– Mas, pensando bem, podia ser pior – Armando disse. – Afinal, me botaram na cela especial. Você sabe o que o pessoal das celas comuns faz com "estupradores de criancinhas", não sabe?

– Sim. Olha, eu só queria…

– Acabou, cara – ele tentou sorrir, mas era como se os músculos nos cantos da boca não fossem capazes de suportar o peso. – Meu advogado me disse que o Instituto está praticamente fechado. Virou um tipo de albergue, não é? Só ficou lá quem não tem pra onde ir. Que nem eu, por exemplo.

– É, mais ou menos. Mas…

– Sem mas, cara, sem mas. Tentei fazer uma coisa boa pra cidade e os bostas me foderam. E amanhã? Quando a merda toda vier, quando a estrela dupla brilhar no céu e toda aquela gente estiver lá, e a *Coisa* acontecer, será que vão se lembrar de mim? Porra, acho que a cadeia é o lugar mais seguro para se estar!

Ele começou a rir. Mas era um riso oco. Um riso triste.

– Bom, eu só queria… – era a segunda vez que eu começava essa mesma frase, e não tinha a menor ideia de como terminá-la. Improvisei: – Só queria que você soubesse que não está sozinho, ok? Que pode contar comigo.

– É. Verdade. Já saquei que dá pra contar contigo.

Sarcasmo? Se fosse, Armando tinha todo o direito. Minha suposta amizade não servira pra nada.

– Até mais – falei. – O advogado ainda vai tirar você daqui, não se preocupe.

– Só depois de amanhã, espero. Tchau, jornalista.

XII

E então veio o grande dia.

Como eu supusera, toda a agitação criada em torno das "profecias" só serviu para aumentar a curiosidade e o tamanho da turba que se acotovelava para assistir ao primeiro jogo do Industrial FC em sua "casa nova". Na praça em frente aos portões do estádio, os cambistas e vendedores de pôster e camisetas disputavam espaço com gente que oferecia água benta, rosários, terços, amuletos desengonçados, feitos de latão e pedras falsas, e até umas cápsulas de alumínio, descritas como "balas de prata".

Decidi não usar o camarote da imprensa. Como não estava lá de serviço – o editor de esportes ia cuidar dessa – achei que não seria ético. Por isso, comprei uma vaga nas numeradas e entrei, incógnito, junto com o resto da multidão. O jogo estava marcado para as cinco da tarde. O primeiro tempo ainda seria jogado à luz do dia.

O adversário do Industrial era a Seleção Amadora, um time formado pelos melhores jogadores da liga local de futebol amador. Originalmente pretendia-se convidar um time grande da capital para um amistoso, talvez até o Palmeiras, já que em Açaraí a descendência italiana é grande. Mas, no fim, a ideia de pedir aos amadores para formar uma seleção havia se apresentado como a solução política mais adequada. Afinal, atletas amadores também votam.

Para completar a demagogia, o prefeito decidira que o camarote oficial não seria utilizado. Ele e seus assessores iriam assistir ao jogo em cadeiras cativas. Claro, Capistrano estaria sentado bem no meio de uma verdadeira barricada de assessores, aspones e secretários. Mesmo assim, a decisão tinha lá seu apelo simbólico.

O setor das cativas era ao lado e acima do das numeradas. Olhando para trás, eu conseguia ver a turma toda: Capistrano, meu pai, o vereador Maurício e até alguns executivos do grupo de empresas que passara a administrar o time. Acho que Jônatas me viu, e que até acenou para mim. Ignorei-o. A imagem de Armando, preso, desesperado, ainda estava muito fresca em minha memória.

Os dois times já estavam em campo. O estádio, lotado. *Completamente* lotado. A maioria estava lá para ver o jogo, claro, mas havia uma parcela do público – uma parcela significativa – que só havia ido ao estádio para assistir à tragédia. Para tomar parte nela. Talvez, até, para causá-la.

Olhei ao redor e abaixo, na direção dos alambrados. Havia um número razoável de PMs prontos e a postos, ou ao menos tão "prontos e a postos" quanto PMs podem estar. Alguns até usavam colete à prova de balas.

Quando o árbitro, parado no meio de campo, levou o apito aos lábios, o burburinho que parecia flutuar sobre a multidão se transformou em um verdadeiro rugido de êxtase e expectativa, delírio e ameaça.

O apito soou. Havia eletricidade, palpável, no ar.

XIII

O primeiro tempo terminou empatado. Os dois times estavam na maior retranca, e algumas faltas feias, daquelas de arrancar torrão do gramado, passaram despercebidas pelo árbitro. O efeito disso sobre o humor da torcida era perceptível na mudança do tom com que as pessoas gritavam "filho da puta" – aos poucos, a locução deixava de soar como sinal de espanto ou elogio, e cada vez mais recuperava seu nada edificante sentido original.

Talvez por isso o prefeito tenha decidido deixar o campo, discretamente, no meio tempo. Na verdade, ele soube aproveitar tão bem a agitação do intervalo, com toda aquela gente saindo pra ir ao banheiro ou comprar cachorro-quente, que só percebi que Capistrano e meu pai não estavam mais lá pouco antes do início do segundo tempo.

O sol já havia desaparecido atrás da parede oeste do estádio quando o árbitro apitou o início da segunda etapa. Parece que os técnicos, dos dois lados, deram uma boa sacudida nos "rapazes", pois os times voltaram com fome de gol, como se diz na crônica esportiva.

Aos cinco minutos, o centro avante do Industrial correu para dentro da área e, antes que os beques conseguissem formar a linha de impedimento, a bola foi lançada, em uma curva suave, por um meia a partir da intermediária. Desesperados, os beques tentaram voltar, em disparada, para atrapalhar o lance. A bola, no entanto, vinha alta demais, forte demais. Por menos de um segundo, pareceu que ia ser fácil para o goleiro saltar e agarrá-la em pleno ar.

Mas o centroavante teve uma espécie de inspiração, e resolveu tentar o imponderável. Sem parar de correr nem por um momento, ele deu as costas ao goleiro, ficando de frente para a bola que vinha, alta e forte, e saltou. Em um movimento que parecia coreografado, o atacante jogou as pernas para o alto e a cabeça para trás e para baixo, ao mesmo tempo em que preparava os cotovelos para amortecer a queda.

Meu coração veio à boca. Nunca fui fã de futebol, mas assistir a uma bicicleta perfeita, ao vivo, não é uma oportunidade de todos os dias. A cena aconteceu como que em câmera lenta: a bola vindo, o bico da chuteira direita poucos centímetros acima da esquerda, as duas como que soltas no ar noturno. A defesa paralisada. O goleiro correndo, desesperado.

E então aconteceu. Foi como se um fantasma tivesse decidido que o chute precisava de mais força, e resolvesse interferir, empurrando as pernas do jogador. Pois a velocidade com que o arremate aconteceu não era, não podia ser, uma simples consequência natural do impulso da bicicleta. Havia algo mais. O próprio impacto da chuteira contra a bola soara quase ensurdecedor. E o centroavante, em vez de cair apoiado nos cotovelos, tinha se estatelado, de bruços, sobre o gramado, a bicicleta transformada em uma espécie de meio salto mortal.

Gol!

A torcida do Industrial entrou em delírio. Ouvi gritos. Ouvi rojões. Ouvi gente chorando.

Mas, ao olhar para o campo, percebi que o goleiro se ajoelhava ao lado do atacante. E que o atacante permanecia imóvel no chão, de bruços. Também vi que o árbitro corria na direção da pequena área. Olhando atentamente, pude notar que, mesmo com toda a potência dos holofotes, a grama ao redor do jogador caído não refletia luz alguma. Era como se uma mancha líquida de escuridão se espraiasse por ali.

Então um segundo estampido, como o que acompanhara o chute a gol, se fez ouvir acima dos gritos, dos rojões, da festa. No mesmo instante, a cabeça do goleiro explodiu em um jorro de sangue.

Um silêncio de vinte mil pessoas encheu o estádio.

O terceiro tiro atingiu um homem sentado a três cadeiras de mim. O sangue respingou em meu rosto. E ao mesmo tempo em que eu olhava, incrédulo, no fundo daqueles olhos sem vida, enquanto o pobre homem rolava, morto, sobre as fileiras abaixo, precipitando-se em direção ao campo, a multidão começou a compreender o que estava acontecendo. O pânico cresceu e se espalhou como um cogumelo atômico invisível, subindo, expandindo-se, queimando e envenenando tudo em que tocava.

Um quarto disparo foi feito. E um quinto, e um sexto.

Posso descrever o que aconteceu em seguida em termos bem objetivos – falar sobre as dezenas de mortos, as centenas de fraturas, os milhares de ferimentos mais ou menos leves. Posso falar sobre as crianças que se perderam para nunca mais serem encontradas. Posso falar sobre o policial que entrou em pânico e começou, ele também, a disparar contra a multidão.

Posso falar sobre os gritos, ou sobre a bruma sangrenta produzida pelo impacto das balas.

Mas descrever *aquilo* – vinte mil seres humanos reduzidos a um tipo qualquer de gado que, de repente, ganhasse consciência do matadouro; transformados em um monstro de quarenta mil pés tentando fugir em desespero, pronto a esmagar, rasgar e triturar toda a carne e ossos que surgissem em seu caminho; quarenta mil olhos que de repente não enxergavam mais nada além da nuvem vermelha de sangue, medo e morte – *essa* descrição está além de meu poder.

De minha parte, só posso dizer que tive a sorte de ser *carregado* pelo maremoto humano, e não *esmagado* por ele. Quebrei dois dedos da mão esquerda, o que, em perspectiva, não foi um prejuízo tão grande.

Mas, para que esta narrativa faça sentido, devo dizer o que *vi*. Depois do terceiro tiro, mas ainda antes da multidão se erguer, antes do estouro da manada humana, eu desviei os olhos do homem que caía, rolando, sobre o público da fileira de baixo. Na verdade, "desviei" não é bem a palavra. Apenas mantive o olhar fixo, enquanto a terceira vítima daquela insanidade caía, escorregando para fora de meu campo de visão. Nesse segundo, meu olhar detectou alguma coisa dentro do camarote das autoridades, sobre as arquibancadas ao longe. Um brilho esverdeado que parecia ganhar intensidade a cada segundo. Um brilho que emanava de uma estranha estatueta – uma figura como um ídolo pagão, o retrato de uma criatura que era, ao mesmo tempo, polvo, dragão e morcego, um pedaço de mineral verde e sem vida, sim, mas que de alguma forma exultava com os resultados do massacre.

XIV

Alguém poderia argumentar que o camarote estava longe, com as luzes apagadas, o vidro fechado, e que seria impossível a um ser humano, colocado exatamente onde eu estava, enxergar, a olho nu, os contornos de qualquer objeto deixado lá. E sei que esse é um argumento verdadeiro, pois eu mesmo já fiz a experiência. Talvez, no fim, tudo não tenha passado de alucinação.

Mas, por outro lado, quem pode afirmar que a luz profana de Xoth obedece às leis da ótica como as conhecemos? Pois o brilho do ídolo, se ídolo havia, só poderia vir daquela luz do outro lado do espaço. O brilho nada mais era que a energia da estrela dupla de Cthulhu, acumulando-se como em uma bateria, acumulando-se até ter densidade suficiente para ser visível a olhos desta realidade!

E o atirador, que iniciou tudo? Esse pobre louco morreu em confronto com a polícia, enquanto tentava fugir. Fui chamado para reconhecer o cadáver.

Era, sem sombra de dúvida, o meu amigo Armando. Minha cabeça doía tanto, nem consegui chorar, mesmo diante do corpo nu, crivado de balas, na mesa do IML. Ainda tentei alguns protestos, tentei dizer que tudo não passava de uma trama para incriminá-lo e encobrir sua morte na prisão, mas havia provas. Digitais na arma, sangue na arma. Testemunhas.

Muitas perguntas ainda continuam sem resposta – como Armando saiu da cadeia? Quem lhe forneceu a arma? Como entrou armado no estádio? Quem, ou o quê, o convenceu a fazer aquilo? Um inquérito foi aberto, mas já se perdeu na burocracia. Investigação independente? A *Tribuna* "não tem interesse" nesse tipo de matéria. Os únicos dados que consegui levantar, entrevistando policiais, dizem que Armando gritava muito durante seu confronto com a PM. Gritava palavrões, frases sem sentido e, também, alguma coisa sobre "aranhas". Quanto ao carcereiro, ele foi encontrado morto perto da cela aberta. Intoxicado por inseticida, disseram.

A arma usada no "Massacre de Açaraí", nome com que o evento entrou para a história, era de fabricação russa. Um ex-sargento do Exército, colecionador de armas, chegou a ser indiciado, mas, como todo o resto, desapareceu na papelada.

Isso tudo foi há mais de um ano. Hoje, a menos de dois meses do próximo pleito, Capistrano Amaro é forte candidato à reeleição. Como jornalista, vi todas as pessoas que tentaram levantar algum tipo de oposição mais séria a ele acabarem loucas, mortas, mutiladas, desacreditadas ou, simplesmente, desaparecidas.

Dizendo dessa maneira, pode até parecer que o prefeito tem uma máfia por trás, ou algo do gênero. Mas, na verdade, todos esses eventos foram fortuitos e acidentais. Pode acreditar. Eu chequei.

De qualquer forma, às vezes penso... Para quem eles rezam, lá na prefeitura? Que tipo de promessas fazem? Quem as paga?

Pode parecer bobagem, mas faz mais de um ano que não falo com meu pai.

O ÚLTIMO GOL DO TIÃO CANHOTO

Fabio Baptista

Tem gente que gosta de torcer pra time grande, falar que dá até a vida pelo clube, ir ao estádio, cantar hino, chacoalhar bandeira pra lá e pra cá, às vezes entrar em discussão por causa de jogador, de quem tem mais título, quem caiu quem não caiu e essa papagaiada toda. Eu respeito o gosto de todo mundo e, como bom cristão, não me atrevo a julgar ninguém, mas, se quer saber a minha opinião, pra mim isso tudo é uma tremenda de uma babaquice. O cara vai lá no campo, fica gritando nome de onze mercenários que nem sabem que ele existe e estão pouco se lixando pra camisa que vestem, arruma briga, confusão, chora quando perde, fica desgostoso da vida, sem vontade de trabalhar, enquanto os bonitões que jogaram sem a mínima vontade, muitas vezes de propósito para derrubar o técnico, estão lá no bem bom, atracados com a carne de primeira das "modelos e atrizes" e *periguetes* em geral – mulheres que só aparecem para nós, homens comuns, em capas de revistas e sonhos – se divertindo, bebendo e dando risada na companhia dos adversários. Isso sem falar das malas pretas, malas brancas, arbitragens compradas, resultados armados pra agradar televisão e patrocinadores. Não, eu não gosto disso não.

Como já disse, respeito quem gosta, mas eu... Eu não sou trouxa.

Futebol pra mim é na várzea. São nos campos enlameados e desconhecidos da periferia, não nos tapetes dos estádios, que são disputados os clássicos mais ferrenhos e a rivalidade é mais acirrada; onde acontecem os lances mais bonitos e inesperados, onde não existe preto, branco, vermelho, amarelo, pardo, nem mulato; só seres humanos, como deveria ser em todos os lugares; onde não tem altos salários nem dinheiro envolvido e a verdadeira magia do futebol pode se manifestar, gerando as maiores emoções, os sorrisos mais recompensadores, as lágrimas mais doloridas. E, consequentemente, é onde acontecem as melhores histórias. Em quarenta e muitos anos como dono do boteco aqui no campo do glorioso Veteranos da Vila Antônia, já vi acontecer de tudo. De tudo mesmo. Já vi gol de bicicleta, de letra, de placa, de peito, de tudo quanto é jeito, até de bunda. Já vi cada pega pra capar contra o Mocidade do Jardim Adalgisa, briga de fechar o tempo de verdade, de precisar chamar polícia pra apartar. Já vi muitos e muitos jogadores que poderiam muito bem vestir a camisa da seleção, que davam de dez a zero em muito profissional, mas que não tiveram padrinho pra bancar as despesas, nem molhar a mão dos empresários nas categorias de base dos times grandes, ou que se entregaram à bebida, ou, mais frequentemente, se perderam na vida por causa de mulher. Ah... as mulheres – teríamos um estoque inesgotável de ídolos, craques e mais craques vazando pelo ladrão, se não fossem elas. Mas vou falar uma coisa – como a vida seria insossa sem esses pequenos demônios de cheiro doce e pele macia. Bom, hora de parar com as divagações, porque o jogo acabou e a rapaziada tá vindo aí, com uma secura na garganta que só vai passar depois de umas boas cervejas geladas.

– (...) porra, Wesley! Eu *tava* na marca do pênalti, era só você tocar *nimim* que eu mandava pra dentro...

– *'Cê* não viu que o lateral deles chegou cavalando, não!? E o juizão nem pra apitar falta, *pelamor*...

– Caramba, neguinho, mas você... Fala seu Geraldo! Desce duas aqui *pá nóis*!... Você vacilou muito. Chegou na linha de fundo tem que cruzar pra trás, *fio*... Ficou lá embaçando, que mais parecia uma enceradeira, a zaga chegou chegando. Jogo aqui é pegado mesmo, *fio*... Vai se acostumando. Né não, seu Geraldo?

– Ô... – respondi enquanto enchia os copos. Às vezes uma vogal vale mais do que mil palavras.

– E fala aí, seu Geraldo. Não dava pra ter cruzado ali, não?

– Ô...

– Dava nada, seu Geraldo! Mal recebi e o lateral já *tava* em cima! Nem profissional ia conseguir cruzar aquela bola...

– Tinha um ponta direita que jogava aqui, um tal de... – cocei a barba tentando lembrar o nome – Egydio! Jogava muita bola. Ele teria cruzado de primeira...

– Falei pra você, neguinho! Seu Geraldo manja!

– Então fala aí, seu Geraldo, aquela outra hora ali no bico da área, não dava pra ele ter chutado, não?

– O que, Wesley? *Tava* sem ângulo e com dois em cima, *fio*... tá me tirando, neguinho? Dali ninguém conseguia chutar, não.

– O Tião Canhoto conseguia... – falei virando as costas, indo pegar mais cerveja e porções de calabresa acebolada pra abastecer as conversas e cobranças animadas que estavam se desenrolando nas outras mesas. Mas foi eu terminar de pronunciar "Tião Canhoto" que todo mundo repentinamente parou de falar.

– Tião Canhoto? Quem é esse, seu Geraldo?

– Ah, já falei dele umas dez vezes – uma pelo menos eu tinha falado. Eu acho.

– Falou nada, seu Geraldo! – o time todo protestou, como se estivessem reclamando de um pênalti não marcado em final de festival.

– Falei sim, você que ficam *manguaçados* e depois não lembram de mais nada. E outra... não gosto de contar a história do Tião – menti – porque tem gente que pensa que é lorota...

– Caramba, seu Geraldo... Agora o senhor vai ter que contar essa história aí, quer deixar todo mundo curioso? Desse jeito não vamos nem conseguir jogar o próximo jogo. E é contra o Mocidade, hein, seu Geraldo?! Olha a responsa!

– Ah, tá bom, eu conto! Vocês, jogadores barrigudos, parecem mais costureiras, de tanto que gostam de uma história e de uma fofoca...

– Aeeeee, seu Geraldo! Desce mais uma rodada e manda a história do tal Tião.

– Bom, vou começar a história do começo, pra vocês entenderem tudo direitinho e não ficarem fazendo perguntas quando a cachaça começar a subir...

A história do Tião começa com a Ritinha. A história da Ritinha começa com o Marcelo. E a história do Marcelo começou quando vocês ainda precisavam da ajuda da mãe pra limpar a bunda.

O Marcelo foi o melhor camisa 10 que eu já vi jogar aqui no Veteranos. E um dos melhores que já vi em qualquer time. Fazia o que queria com a bola – matava no peito, driblava, lançava, não errava um passe, sabia chutar de fora da área e tinha impulsão e velocidade pra finalizar a jogada de cabeça. Um craque completo. Um craque completo, que nunca teve apoio do pai, que preferia levá-lo para trabalhar na mercearia, onde o sustento era garantido, do que arriscar deixar o menino tentar seguir carreira nas categorias de base dos grandes times, onde o futuro era incerto. O tempo foi passando e o moleque jogando cada vez mais bola. Todo mundo falava – "você tem que ir nas peneiras dos clubes. Se o olheiro entender um pouquinho só de futebol, te coloca pra dentro na mesma hora". Talvez por medo da reação do pai, talvez por não acreditar no próprio potencial, talvez por outro motivo qualquer que só Deus sabe, o rapaz sempre adiava a visita às peneiras. E o tempo sempre passando. Até que, quando se deu conta, já estava mais pra trinta do que pra vinte, idade que nenhum time ia querer mais. Teve que se contentar com a mercearia durante a semana e o Veteranos aos Domingos. Sorte nossa, porque o homem jogava. Boa parte daqueles troféus ali atrás foi ele quem ganhou, quase que sozinho, pra gente...

– Pô, seu Geraldo... A história do Marcelo a gente já sabe! A gente quer ouvir a história do tal do Tião! Tem mais pãozinho aí, seu Geraldo?

– Vocês são muito apressados! Eu já vou chegar lá. Se eu contar rápido vocês vão embora sem comer e beber o suficiente pra eu fechar o meu caixa! – todo mundo deu risada.

Servi mais uma rodada e continuei.

– Pois então, o que vocês não devem saber é que o Marcelo tinha uma irmã, que se chamava Maria Rita, mas todo mundo do bairro conhecia por Ritinha. Coitada da Ritinha. A menina era feia, mas feia que dava dó. Mais feia que o cão chupando manga, mais feia que a alma do diabo – Deus que me perdoe! Baixinha e magrela que só... Dava impressão que ia voar se batesse um vento mais forte. Olho de peixe morto, cabelo desgrenhado e ensebado, bunda murcha, peitinho mixuruca, caído. Ainda pra ajudar, vivia carrancuda, nunca dava um sorriso sequer. Não tinha guerreiro no mundo que ousasse se atracar com aquele dragão.

– Ah, seu Geraldo... é que ela não conheceu o nosso Sidão aqui. Né, Sidão? Rapaz, depois que o Sidão coloca uns *gorós* na cabeça, o bagulho começa a ficar louco, tio! Já vi pegar cada coisa, que só por Deus... Lembra aquela loirinha que era manca?

– Porra, não espalha... Mas ela era simpática – o Sidão comentou meio envergonhado e todo mundo caiu na gargalhada de novo.

– É, mas acho que a Ritinha nem o Sidão encarava... – continuei, depois que as risadas acalmaram e os copos estavam devidamente cheios novamente.

Bom, o fato é que a Ritinha não perdia um jogo do Veteranos. Vinha com a desculpa de assistir o irmão jogar, mas todo mundo desconfiava é que ela estava à caça de um namorado, tipo uma Maria

Chuteira da várzea. Mas com toda aquela beleza e o semblante sisudo, não seria tarefa fácil. E os anos passaram, porque, queira a gente ou não, eles sempre passam, o Marcelo foi enchendo a minha prateleira com taças e mais taças e o próprio sangue com gordura e mais gordura. Mesmo gordo, jogava muito mais que qualquer outro, sempre sob o olhar atento da irmã, que ficava empoleirada no alambrado, já com alguns cabelos brancos, o que não ajudava a melhorar sua aparência em absolutamente nada.

Até que, sem mais, nem menos, o Marcelo morreu. Infarto fulminante. Foi numa Terça-Feira, me lembro como se fosse ontem. Estava chovendo tanto que parecia que Deus tinha mandado um novo dilúvio pra limpar a Terra. Mesmo assim, todo o time, do goleiro ao ponta esquerda, largou o que estava fazendo e foi ao velório, prestar condolências à família. Pensamos que seria a última vez em que veríamos a Ritinha, mas, para nossa surpresa, no Domingo lá estava ela empoleirada na grade, com a mesma cara feia, os cabelos um pouco mais brancos... E o olhar um pouco mais triste. Jogamos sem a menor alegria naquele dia. E continuamos assim por uns três ou quatro finais de semana, mas daí começamos a esquecer. Chega a ser um pouco triste pensar que em pouco mais de um mês nós deixamos de sentir a perda do nosso querido amigo e que, provavelmente, nossa perda deixará de ser sentida no mesmo intervalo de tempo quando chegar a nossa hora, mas assim é a vida. De um jeito ou de outro, ela continua.

E nós continuamos jogando, mas agora sem a genialidade do nosso grande camisa 10. Foram tempos difíceis, era um vareio atrás do outro. Sempre sob o olhar atento e triste da Ritinha. Chegamos a pensar até que ela estava nos trazendo um tipo de mau agouro e estávamos bolando uma desculpa qualquer para enxotá-la do alambrado, mas sem que ficasse muito magoada, em respeito à memória do falecido irmão. Antes que alguém tomasse coragem de ir falar com a Ritinha, apareceu no campo um tal de Tião. Ninguém conhecia, nem sabia onde morava. Ninguém sequer o tinha visto circular pelo bairro antes, mas em um Domingo qualquer, lá estava ele com a chanca a tiracolo, conversando com o professor Valdemar, técnico do time na época.

– Como é seu nome, filho?

– I-ão...

– Tião?

– É... I-ão...

– Que posição você joga, Tião?

O Tião deu de ombros. Parecia não saber nem o que posição queria dizer. O seu Valdemar coçou a careca, coçou os ralos cabelos brancos que se amontoavam tímidos ali nos Paralamas do Sucesso, coçou o queixo, olhou pro céu e insistiu:

– Você chuta com a perna direita ou com a esquerda, filho?

– Is-quê-á...

– Tá, então você é canhoto. A gente já tem um Tião no time, então você vai ser o "Tião Canhoto". Como você é grande, vou te colocar na defesa... Puta que pariu, um lateral-esquerdo fanho, era tudo o que eu precisava – sussurrou para si o velho técnico, sem desconfiar que algumas pessoas podiam ler seus lábios. – Veste o uniforme e fica no banco. Dependendo de como estiver o jogo, você entra no segundo tempo. Tomara que você consiga jogar melhor do que consegue falar – disse Valdemar, desiludido.

O que ninguém, exceto o dono do boteco, notou nessa hora, foi que a Ritinha não desgrudou os olhos do Tião. Ela nem assistiu o primeiro tempo, seu olhar estava fixo no banco de reservas. Não viu nosso médio-volante perder uma bola besta no meio do campo e logo em seguida o atacante do Veteranos da Vila Yara entrar sozinho na área pra marcar. O primeiro tempo acabou assim, um a zero pro visitante, o que, dada a situação do nosso time, que levava uma goleada atrás da outra desde a morte do Marcelo, não deixava de ser lucro. No intervalo, o Tonico, camisa 11, sentiu o joelho.

– Põe gelo aí e volta no sacrifício, Tonico.

– Dá não, professor. O lateral deles entrou de sola, tá doendo demais.

– Puta que pariu, só me faltava essa.

O Valdemar se coçava como um cachorro sarnento infestado por pulgas. Daí olhou pro banco e viu o recém batizado Tião Canhoto, olhando pra ele com um semblante que parecia de criança esperando o presente de Natal.

– Vai Tião, vai pro jogo. Você vai jogar o ataque. A gente faz gol daquele lado lá... – o velho Valdemar achou melhor deixar isso bem claro, por mais ridículo que fosse – quando a bola aparecer na sua frente, chuta! Entendeu?

– E-ên-i...

E ele entendeu mesmo. Logo aos cinco ou seis minutos do segundo tempo, nossa zaga espanou uma bola, que foi lá no alto e pingou umas duas vezes até chegar no pé do Tião Canhoto. Ele acertou um sem-pulo que ninguém viu nem a cor. Foi tão rápido que só deu pra ouvir o barulho gostoso que a bola faz quando desliza macia na rede. Até o juiz demorou pra apitar o gol, de tão impressionado que ficou. Todo mundo correu pra abraçar o Tião e depois que todo mundo saiu de cima dele, nós o vimos apontar para o alambrado, como se estivesse dedicando o gol a alguém. Por Deus, era pra Ritinha. E logo após todo o time fixar os olhos naquela visão do inferno em forma de mulher, nós presenciamos algo muito mais surpreendente que o gol do Tião Canhoto.

A Ritinha sorriu.

E o que parecia impossível, aconteceu – ela ficou ainda mais feia. Certamente é o único caso na história da humanidade em que uma pessoa fica mais feia sorrindo. Mas os dentões de cavalo, completamente desalinhados, tinham o dom sobrenatural de deixar indescritivelmente horrível o que já era absurdamente feio. Mas o Tião parece ter gostado. Como dizem por aí – toda panela tem sua tampa. E, se até a panela judiada da Ritinha encontrou a tal da tampa, é porque deve ser verdade.

Aos trinta, o Tião Canhoto fez mais um, virando o jogo e, aos quarenta e dois fez outro, fechando de vez o caixão da Vila Yara. Todos os gols foram dedicados à rainha do alambrado e em todos ela sorriu. Três a um, de virada, depois de uma série incontável de derrotas. Tião Canhoto instantaneamente virou o nosso herói. Pensamos que viria tomar cerveja com o resto do time no final do jogo, mas quando demos conta, ele estava conversando com a Ritinha. Parecia que ela o entendia perfeitamente, porque concordava e respondia a tudo, com a expressão completamente apaixonada. Mas estranhamente ela não sorria. Aquele diálogo se tornou o alvo principal de todas as atenções e, antes que o dia terminasse, acabamos presenciando outra coisa que nunca imaginamos que poderia ocorrer, nem em nossos pesadelos mais aterradores – a Ritinha foi beijada. Deus que me perdoe.

E aquela cena se repetiu no Domingo seguinte, e no outro, e por muitos outros depois desse. O Tião Canhoto, mesmo sem saber fazer nada em campo, virou titular absoluto. Não sabia tocar, não marcava a saída de bola, não corria, nada. Quase nada. A única coisa que ele fazia era chutar pro gol. De qualquer lugar depois da intermediária em que estivesse, saia um petardo incrivelmente forte, que na maioria das vezes tinha como destino o ninho da coruja. E isso é tudo o que importa no futebol. O Tião não cansava de fazer gols e dedicá-los à sua musa inspiradora, que não cansava de sorrir, mas única e exclusivamente enquanto a rede ainda estava balançando.

Daí veio o festival. Antes da chegada do Tião Canhoto, todo mundo, inclusive nós mesmos, achava que seríamos motivo de chacota. Depois do Tião, éramos considerados favoritos. E fizemos valer esse favoritismo, atropelando todos os adversários na fase de grupos. Quase todos. No último jogo, em que estávamos só cumprindo tabela contra o time mais fraco da competição, a Ritinha misteriosamente não apareceu pra assistir. Depois ficamos sabendo que a vó dela tinha morrido no Sábado e o pai a arrastou, contra a vontade, para o velório no interior. O fato é que sem a menina feia na grade, o Tião não jogou nada. Absolutamente nada. Teve umas cinco oportunidades para arrematar, mas se atrapalhou todo, trançou uma perna na outra, furou, caiu sentado, pegou na orelha da bola, chutou fraquinho. Acabamos ganhando, mas no sufoco, com gol de cabeça do baixinho Tonico, jogando improvisado de centroavante. Na hora da cerveja, todos estavam cabisbaixos, como numa derrota. Uma dúvida e uma certeza pairavam no ar. A certeza, que só ganhamos o jogo porque o adversário era quase tão feio quanto a moça que se ausentara de nosso alambrado naquele dia. E a dúvida, que martelava veladamente nossas almas – e se ela não voltar?

Mas ela voltou. No outro Domingo, dia das quartas de final, ela estava lá. E o Tião Canhoto voltou a chutar forte pro gol e a balançar a rede, fazendo a Ritinha sorrir, num ciclo de dependência que ninguém era capaz de dizer onde começava e onde terminava. Mas não importava. Enquanto o Tião estivesse marcando e nosso time vencendo, nada mais importava. Que Deus abençoasse o amor daqueles dois e garantisse vida longa a todos os familiares da Ritinha. Pelo menos até o final do campeonato. Sei que é um pensamento egoísta, talvez até maldoso, mas era o que passava pela cabeça de todos os jogadores e pela careca reluzente do seu Valdemar também. O Todo– Poderoso foi misericordioso como de costume e não chamou ninguém antes da hora naquela semana, nem na outra. E nós avançamos à grande final. Do outro lado, o Mocidade do Jardim Adalgisa.

Ninguém conseguia nem respirar durante aquela semana, tamanha era a tensão. Os dias se arrastavam, longos, quase intermináveis. Assim foi a segunda, a terça, a quarta, a quinta... Até que na sexta, uma terrível notícia começou a correr à boca pequena pelo bairro – do dia pra noite a Ritinha caiu de cama, agora estava internada no hospital, em estado grave. Se alguém sabia o motivo da enfermidade, esse alguém era Deus, porque médico nenhum soube dizer o que estava acontecendo com a mulher. O time passou o Sábado rezando pela recuperação da moça, mas não adiantou nada. Perguntamos no hospital se não poderíamos levá-la pra assistir ao jogo no Domingo, ela ficaria ali deitadinha na maca, quietinha, na beira do gramado. Quando acabasse nós a traríamos de volta. Disseram que não era hora nem lugar pra palhaçadas e deram com a porta na nossa cara.

Estávamos perdidos.

Como miséria pouca é bobagem, pra completar o cenário desolador, nem o Tião Canhoto apareceu pro jogo. Esperamos o quanto deu, mas o juiz perdeu a paciência e deu início à partida. Com bastante garra, valentia e, principalmente sorte, muita sorte, seguramos o empate no primeiro tempo. Intervalo e nada do Tião. Não sabíamos se ele ia fazer alguma coisa sem a Ritinha olhando, mas era a nossa maior esperança. Veio o segundo tempo e, sinceramente, não me lembro de ter visto um time tomar um sufoco tão grande como nós tomamos. Foram duas bolas na trave e uma no travessão. Dois gols anulados por impedimento, sendo que em um deles acho que nem eu teria levantado a bandeira. Lógico que saiu uma puta de uma briga por causa disso e o jogo ficou paralisado uns quinze minutos. Quando a bola voltou a rolar, os nervos estavam à flor da pele e, por causa do nervosismo, o atacante deles perdeu um gol inacreditável, chutando pra cima uma bola que sobrou livre, dentro da pequena área. Depois desse lance eu pensei – "hoje é nosso... não tomou esse gol, não toma nenhum outro". Eu estava certo, não tomamos mesmo. E na única que vez que nos aventuramos ao ataque naquele segundo tempo, marcamos o gol. Um gol feio, chorado, mas que valia a taça e a honra de não perder em casa praqueles carniceiros do Adalgisa.

Marcamos aos quarenta e três. Era só segurar. Jogar a bola pro mato, parar na falta se fosse preciso. O juiz apontou cinco minutos de acréscimo, gerando reclamações dos dois times. A gente queria que acabasse o quanto antes, é claro, e os caras queriam que os quinze minutos de paralisação fossem considerados. Mas ora, foram eles mesmos que provocaram toda aquela treta! Nada mais justo que o jogo acabar logo. E aos cinquenta cravados, o juizão pegou a bola, ergueu o braço e ia apitar, mas daí algo completamente inesperado aconteceu.

O Tião Canhoto invadiu o campo, todo esbaforido e tirou o apito da boca do árbitro. Ele ajoelhou no chão e começou a implorar, com lágrimas tomando conta de seus olhos e de sua face:

– Um á-a-ba u ôgo ão, pu âôr... un á-a– ba a-in-á ão... pu âôr...

– Que porra ele está falando? – perguntou o juiz, incrédulo ao ver um jogador do nosso time impedindo que o jogo terminasse.

O seu Valdemar correu até o meio de campo. Acho que a vontade dele, assim como a minha e de todos os outros jogadores, era arrancar o Tião dali a pontapés, mas quando se aproximou e viu o desespero no semblante daquele homem simplório, resolveu ouvir o que ele tinha a dizer. Depois de escutar tudo, ele coçou a careca, coçou os ralos cabelos brancos que ainda lhe restavam, coçou o queixo, olhou para o céu e falou para todos que agora se aglomeravam em volta do Tião Canhoto:

– Ele está pedindo pro jogo continuar...

– Tá maluco Tião, a gente tá ganhando! – os jogadores protestaram, nervosos.

– Calma, gente, calma – disse o Valdemar, respirando fundo e balançando suavemente as mãos no ar – escutem o que ele me falou. O Tião foi até o hospital hoje e o quadro da Ritinha piorou. Os médicos estão falando que dificilmente ela viverá mais um dia. Ele queria ficar lá do lado dela, mas com suas últimas forças a moça sussurrou no ouvido dele: "vai jogar, Tião. Eu quero morrer sorrindo, e só consigo sorrir quando você faz gol. Faz um gol para mim, Tião. Faz um gol pra mim, meu amor...".

Vi jogador olhando pro lado, fingindo que não era com ele, vi gente engolir seco, vi um ou outro disfarçando as lágrimas que escorriam dos olhos. O árbitro mexeu no relógio e falou "mais dez minutos". O time do Adalgisa comemorou em silêncio, era a chance que tinham de empatar e levar pros pênaltis, quem sabe até virar o jogo. Não se comoveram nem um pouco com a história e não iriam facilitar de jeito nenhum. Temi pelo que poderia acontecer com o Tião caso perdêssemos aquele jogo. O Tonico, que foi substituído pro Tião entrar, sentou no banco com os braços cruzados, sem acreditar no que estava acontecendo.

Logo que o jogo recomeçou, o pesadelo começou a se materializar. A sorte que faltou antes, agora sobrou para nosso adversário – bate-rebate na área depois do escanteio. Nosso zagueiro tenta afastar o perigo, mas bate completamente errado na bola, que, ao invés de ir pra frente, foi pra trás, no cantinho do nosso gol, morrendo devagarzinho no fundo da rede. Teríamos nove minutos de pressão pela frente. Mas o Tião Canhoto estava em campo, inspirado pelo último pedido de sua amada, era só mandar a bola pra ele que tudo daria certo. Tínhamos esperança que fosse assim, até o Tião receber um lançamento livre na meia lua da grande área e chutar fraquinho, praticamente atrasando a bola pro goleiro. Nesse momento percebemos que a vaca tinha ido pro brejo. Sufoco e mais sufoco. Sete minutos, seis, cinco, quatro, três... mais um pouco e viriam os pênaltis, que naquele momento já ganhavam contornos de presente divino. Dois minutos, um minuto pra acabar. O centroavante deles entra na nossa área e chuta no canto. Travamos a respiração e o esfíncter até a bola sair pela linha de fundo, tirando tinta da trave.

Nosso goleiro fez cera pra cobrar o tiro de meta, levou cartão amarelo, mas naquela hora valia tudo. Chutou a bola o mais alto e mais forte que conseguiu, esperando que o juiz apitasse com ela ainda no alto. Mas ele não apitou. E a pelota pingou um pouco depois do meio de campo. O médio-volante deles tentou cabecear, mas errou o tempo. Ela pingou de novo na intermediária. Ninguém cortou. Foi em direção à área e não pingou mais, porque a canhota do Tião a encontrou antes que ela encontrasse o chão. Um tiro certeiro, que ninguém viu nem a cor. Gol e fim de jogo. Nosso time comemorando amontoado em cima do Tião Canhoto, o adversário reclamando amontoado em cima do árbitro, que deveria ter acabado o jogo antes do chute. Quando o Tião conseguiu respirar, saiu correndo apontando em direção ao alambrado. Pensamos que ele estivesse louco, mas quando olhamos, sentimos um arrepio percorrer nossa alma de cima a baixo. A Ritinha estava lá, empoleirada na grade como sempre fazia. E estava sorrindo, como sempre fazia ao ver um gol do Tião.

O pessoal ficou aqui no bar, tomando umas geladas com o doce sabor da vitória e os dois pombinhos ficaram lá, trocando carícias, beijos e juras de amor. Até que alguém deu a ideia de chamar o casal pra tomar uma com a gente, afinal, eles eram os heróis daquele título. Gritamos seus nomes, mas eles se limitaram a acenar, em despedida. Começaram a subir a rua, até desaparecerem de nossa vista. Não sei explicar exatamente, mas todos ficaram com a impressão de ter sonhado essa cena. Foi estranho, muito estranho.

Nunca mais vimos o Tião Canhoto depois daquele dia...

– E a Ritinha, seu Geraldo? O que aconteceu com a Ritinha?

– Querem mesmo saber?

– Lógico que a gente quer saber.

– No final da bebedeira nós fomos na casa dela, parabenizar pela recuperação. Mas a casa estava vazia. Concluímos então que ela deveria ter voltado ao hospital e fomos até lá. Encontramos o pai dela chorando, daí nós descobrimos que a Ritinha tinha morrido, mais ou menos na hora em que começou o segundo tempo.

– Cruz-Credo, seu Geraldo! Arrepiou até o pelo da perna agora! É sério, essa história?

– Ô... Vocês acham que eu ia brincar com uma coisa dessas?

As últimas cervejas são tomadas em silêncio reflexivo, quebrado vez ou outra apenas por teorias a respeito do Tião Canhoto. A maioria concluiu que ele era um anjo, que veio dar alguma alegria à pobre da Ritinha e levá-la para o céu. Aproveito a oportunidade para dar uma chacoalhada na moral:

– Semana que vem, quero que vocês lembrem dessa história e, em nome do Tião e da Ritinha, entrem com raça até o tutano contra aqueles vagabundos da Vila Adalgisa, estamos combinados?

– Pode deixar, seu Geraldo. Vamos jogar como nunca jogamos e vamos ganhar de qualquer jeito, fica sossegado.

Sinto firmeza nas palavras, eles ficaram motivados. Espero que dure a semana toda. Aos poucos começam a acertar a conta e ir embora. O último a sair é o novato, tal de Wesley, camisa 7. Ele me ajuda com a porta e com os cadeados. No final, me pergunta baixinho:

– É verdade mesmo, seu Geraldo?

– É verdade sim, Wesley. Claro que é.

Ele concorda com a cabeça e vai embora, silencioso, pensativo. Eu estou louco pra chegar em casa e poder soltar a gargalhada.

Essa rapaziada de hoje em dia acredita em cada uma.

O REI DO FUTEBOL

Sid Castro

Preliminar

A bola de couro cruzou a cortina de fumaça e fuligem sobre o campo. O vento poluído a teceu desde o horizonte coalhado de gigantescas chaminés das fábricas. Lançavam sombras turvas sobre o campo de *football* no Germânia, um dos clubes da elite paulistana, em que soberbos cavalheiros, apenas filhos de boas famílias, disputavam uma partida do novo esporte bretão. Era o verão de 1894, e a plateia não era menos seleta, embora tentasse manter-se alheia ao desconforto de suas casacas e peles importadas.

Maldita Era do Vapor, pensou tossindo Tanya Titov, tentando manter a elegância e a postura em seu apertado vestido vitoriano. *Fumaça e espartilhos.*

Discretas palmas chamaram sua atenção para uma jogada do senhor Charles Miller, o responsável pela introdução do esporte no Império Tropical, após o período em que passou na Velha Albion, a revolucionária República Britânica. O esporte praticado apenas pela elite da província estava se disseminando em todo o grande Império do Brazil, graças à divulgação nas salas dos cinematógrafos e, dali, para as várzeas.

Pensando nisso, Tanya abriu a bolsinha que combinava com o chapéu emplumado e retirou seu Cronômetro Alternante, que tinha assumido a forma de um artefato *steampunk*, típico daquele período. Leu os metadados do Cronômetro apontados para o cinegrafista Máximo, captando aqueles momentos históricos para o *football association* no país. A contagem de *probitons* originada por ele era grande.

O fluxo de probitons está aumentando, interpretou no mostrador. Segundo uma teoria que ainda não existia em 1894, *probitons* eram partículas ou ondas de probabilidades de novos fluxos de Realidades Alternativas. *Mas o foco ainda não é ele. Está no futuro.*

Primeiro Tempo

O Rei do Futebol olhou para cima, seus olhos verdes admirando a passagem solene do Zeppelin sobre o Maracanã. As letras em neon brilhavam em seu bojo, mutantes: Copa do Mundo de 1942, Rio de Janeiro, Brazil. Era a grande final, e ele comandava a seleção azul real, pronto para enfrentar pelo título mundial o poderoso time do Reich Germânico. Arthur Friedenreich sorriu, sabendo que ele, filho de um alemão com uma lavadeira negra brasileira, jamais faria parte daquela equipe. O próprio *Führer* viera à capital do Império assistir à final, mas o time germânico era "puro", completamente isento de sangue não-ariano. Sobre essa ótica, ele era uma afronta, com seu sangue germânico misturado. E pensar que jogara tanto tempo num time brasileiro chamado justamente Germânia, por conta da origem de seu pai.

Observando do campo, nada disso passou despercebido a Juvenal Máximo, repórter de campo da Telerrádio Nacional, que transmitia para todo o planeta a final da Copa do Mundo do Brazil. Juvenal publicara reportagens sobre as grandes equipes e jogadores do *football association* internacional, mas era realmente conhecido no país por suas entrevistas nas imagens coloridas do telerrádio, ao vivo do campo. Conhecia bem cada um daqueles jogadores, principalmente o maior deles, que jogara tanto tempo em São Paulo e chegara à incrível marca dos mil *goals*, insuperável em todo o mundo. Era seu último jogo, e o capitão Fried se aposentaria, no auge da glória. Nesses tempos novos e perigosos, em que uma Guerra Fria polarizava entre democracias parlamentares e extremismos fascistas, já não havia lugar para o romantismo da *Belle Époque*. O esporte bretão era para profissionais, um confronto ideológico, mas nem sempre fora assim. Suas lembranças retornaram para tempos mais românticos, quando ainda nem havia nascido, mas que seu avô, cine-repórter do século passado, gravara em cenas memoráveis para a tela grande. Quando o pioneiro Charles Miller voltara da República Britânica trazendo as primeiras peças do novo esporte praticado pelos operários ingleses: o *football.*

Ali estava ele, na tribuna de honra do Império, sua imagem setuagenária projetada no telão, flutuando sobre a torcida azul, contrastando com a bem menor toda de negro ostentando flâmulas com suásticas vermelhas. Dizia-se que o velho Charles nunca mais fora o mesmo, desde que sua esposa fugira com um escritor de ficção científica.

Mas ele próprio também era um escritor diletante desse gênero futurista, embora ganhasse a vida como jornalista esportivo no telerrádio. Imaginava um dia escrever um romance de ficção científica sobre uma Copa do Mundo em mundos alternativos, razão pela qual chegara a visitar o Instituto Landell de Moura, em São Paulo, durante a inauguração do Acelerador Alternante. Foi quando conheceu Tanya e sua vida mudou.

Os shows musicais estavam terminando, ao som de Aquarela do Brazil, logo seguido por uma revoada de homens-foguete com bandeiras de todas as equipes do mundial. Quando o campo estava sendo esvaziado de bandas, repórteres, funcionários e curiosos, Máximo viu alguém que sabia ser ela. Conhecia todos os repórteres e a maioria dos membros do comitê organizador da Copa, dirigentes, funcionários e penetras habituais, mas vislumbrou entre eles uma jovem de cabelos negros presos e um discreto jaleco da área técnica da Fifa. Flagrou-a olhando para ele também, mas logo desapareceu na multidão que abandonava o campo.

O repentino soar das primeiras estrofes de *Deutschland über alles* o chamou de volta ao evento. Quando o Hino do Império do Brazil estava para começar, Máximo procurou novamente pela morena misteriosa no pessoal da Fifa à postos nas laterais do campo, mas havia desaparecido.

Talvez fosse apenas um *déjà vu.*

O apito breve e estridente do árbitro deu início à partida da final. Com a posse da bola, o time germânico executou uma série de passos rápidos e surpreendentes em direção à meta brazileira, enquanto a torcida ainda festejava. Em poucos minutos o time germânico envolveu a defesa imperial, enquanto o público ainda cantava o grito antecipado de campeão, e avançou com fúria sobre a meta da seleção. Era a famosa *blitzkrieg*, a tática fulminante de ataque da seleção ariana, usado mais cedo e com mais força do que esperado pelo *scratch* azul real. Poucas jogadas depois, um fulminante *goal* calou o Maracanã.

Na lateral do campo, no espaço em que era permitido aos jornalistas circularem com suas máquinas e microfones, Juvenal Máximo saiu de sua perplexidade quando sentiu um toque em seu ombro.

– Acalme-se. Isso não é nada. Há muito mais em jogo do que uma bola na rede – a jovem disse, retirando da bolsa com insígnias da Fifa o que parecia um cronômetro. Ele brilhou quando ela apertou um botão. – Nos vemos em outra realidade.

O repórter não teve tempo de externar o reconhecimento do rosto e do nome que lia em seu crachá: "Tanya Titov". A realidade deixou de existir para ele poucos segundos depois, no espaço de segundos em que se lembrava de tê-la visto pela primeira vez na vida.

Intervalo

Juvenal Máximo estava sentindo-se um peixe fora d'água durante sua visita ao Instituto Landell de Moura, em São Paulo, alguns anos antes da Copa do Mundo. Todos gracejavam por que um telerrepórter esportivo tinha se interessado numa visita monitorada às instalações do ILM, referência em física experimental desde o século passado, por onde passaram nomes ilustres como Einstein, Tesla e Bohr, entre outros. Foi lá que viu a Dr.ª Tanya Titov pela primeira vez. Não era particularmente bela, mas tampouco desinteressante. Os cabelos pretos presos, o indefectível jaleco branco e óculos *goggles* que aqueles cientistas experimentais gostavam de usar a tornavam uma figura comum naquele ambiente de máquinas gigantescas e túneis metálicos a perder de vista. A cientista tinha algo naqueles olhos furta-cor que mexeu com ele, quando seus olhares se cruzaram durante as explicações dos enormes Aceleradores Alternantes exibidos aos jornalistas.

Pra que servem?, perguntou a elegante editora do Moda Imperial.

Enviar partículas coerentes através do continuum espaço-tempo, respondeu a Drª. Tanya.

Viajar no tempo?, arriscou o incrédulo colunista do caderno de ciências do Vapor Diário. Isso é possível?

Sim e não, respondeu enigmaticamente outro cientista. O tempo é uma espiral girando no passado e futuro, refazendo-se num ciclo infinito, segundo a Teoria Alternante. Ou seja, há muitos passados e futuros possíveis para um mesmo tempo.

Juvenal teve coragem de perguntar algo que, pelo menos, justificaria sua presença ali: Eu poderia viajar no tempo e conhecer, digamos, o

Charles Miller quando trouxe o football ao Império?Agora que estamos prestes a disputar nossa própria Copa do Mundo...

Todos o olharam com aquela cara de pescador para o peixe se debatendo fora d'água, condescendentes. Ela não. Sorriu. E deu um firme aceno com a cabeça. Ela era bonita, sim.

Segundo Tempo

Juvenal Máximo vomitou no meio fio, junto à calçada. Sentia a cabeça girando, o estômago embrulhado e um total estado de desorientação, como se tivesse sido projetado de uma roda gigante. Aos poucos, a sensação foi passando, vozes de um grupo de transeuntes preocupados à sua volta, que perguntavam se estava bem, enquanto tentavam ampará-lo.

A primeira coisa que percebeu foram suas estranhas roupas e cabelos, o que coincidia com a sensação de que, para eles, estava também exoticamente vestido, com seu terno anos 1940 e o chapéu Panamá que alguém lhe devolveu da rua, limpando-o com tapinhas.

– E aí, coroa... Tá vestindo os panos do vovô? – disse rindo um jovem cabeludo com uma colorida camisa entreaberta, enquanto lhe entregava o chapéu.

– Estou bem... cavalheiro. Obrigado. Ah... Pode me dizer o ano em que estamos?...

– Bicho, você é quadrado, mas acho que tá viajando no ácido! 1970!

A multidão se afastou, quando um grupo de policiais militares foi atraído pelo pequeno aglomerado, brandindo cassetetes.

Circulando!

Juvenal tratou de afastar-se também, rapidamente, da esquina em que despertara. Despertar. Claro que tudo aquilo só podia ser um sonho. Um pesadelo. Melhor então era ficar calmo e relaxar, e esperar pelo despertar.

Somente então pode olhar melhor ao seu redor: estava no meio de uma avenida de uma grande cidade brasileira – a julgar pelos letreiros e cartazes de publicidade de cigarros e bebidas bem à vista, em português – mas nenhuma que conhecesse. O trânsito caótico o assustou um pouco, mas não o espantou mais do que a lataria futurista dos veículos que faziam estardalhaço com suas buzinas e escapamentos fumarentos.

Havia gente com visual mais discreto, os mais velhos, é verdade, mas todos pareciam ter gosto por cabelos grandes, os homens inclusive, com barbas e suíças exageradas, para não falar em calças apertadas que se abriam como bocas de sino.

E as mulheres... ah, as mulheres! Algumas usavam calças, mas as mais jovens, além de confortáveis e coloridas blusas com desenhos psicodélicos, não se importavam em exibir as belas pernas nas mais curtas saias que jamais tivera oportunidade de admirar.

Uma banca de revistas atraiu sua atenção. A capa de uma revista intitulada O Cruzeiro, exibia uma inusitada Seleção do Brasil, assim, com S, e um chamativo uniforme dourado, ao invés do tradicional azul real. E mais...

O Rei do Futebol.

O título se repetia em jornais e revistas, esportivos ou não. Juvenal procurou a foto dele. Como Friedenreich ainda poderia estar jogando neste futuro distante de 1970?

Pelé. Pelé?

Não. Certamente este jovem negro de nome tão pouco nobre, não era o seu Rei do Futebol. Como puderam repetir o título do atleta do século XX com outro? Perplexo, o telerrepórter se afastou, expulso pelas broncas do jornaleiro. Caminhava a esmo por esta quase desconhecida São Paulo – sim, podia vislumbrar, em meio aos prédios de um sujo futurismo cúbico, alguns reconhecíveis de sua costumeira cidade natal, assim como o burburinho das conversas entusiasmadas pelo futebol brasileiro, em cada esquina. Mas podia sentir também certo clima sinistro expresso em pichações nas paredes e nas armas expostas sem pudor por militares, cruzando em patrulhas inquisitórias as ruas da cidade, onde tremulavam bandeiras algo diferente das do nobre Império Tropical.

Parou diante de uma loja expondo bojudos aparelhos de telerrádio, ali chamadas televisão. Pequenas telas quadradas, com um branco e preto tremeluzente, aparelhos bem inferiores às de sua época passada, porém mais evoluída.

Brasil, Ame-o ou deixe-o, dizia o slogan que ouvia vez ou outra vindo deles, entre imagens do campeonato mundial conquistado.

Então esse era o futuro: uma ditadura militar.

Isto é o futuro? Parece mais um retrofuturo.

De repente, uma Belina preta parou ao seu lado na calçada

e homens mal encarados de óculos escuros saíram do carro e o abordaram, puxando-o com força para dentro. Transeuntes desviaram o passo e o olhar, indiferentes aos protestos sufocados do repórter.

Uma coronhada na cabeça e um saco ocultando sua visão fizeram com que se calasse. Rodaram durante certo tempo até sentir que o carro entrou em algum lugar e parou. Foi puxado asperamente do veículo e conduzido até uma sala, onde retiraram o saco e se deixou ficar, amarrado numa cadeira numa saleta mal ventilada. Somente então pode ver seus captores, todos de roupas civis, exceto um militar que entrou depois e o observou atentamente. Examinou os documentos com um esgar de incredulidade e espanto.

– Império? Que palhaçada é essa, seu comuna?

– Eu... sou telerrepórter. Venho... de outro lugar, outra época. – desabafou Juvenal, sem saber o que falar.

– Pau de arara nele!

O jornalista foi despido e atado numa espécie de cavalete, sofrendo não poucas agressões durante o processo. Parecia algo irreal, que estava acontecendo a outro Juvenal Máximo, não a ele. Um Máximo de outra realidade.

Isso é pior que um pesadelo.

Uma bordoada, seguida de um choque elétrico revelou, dolorosamente, que ele não iria acordar daquele pesadelo. Seus gritos perderam-se entre paredes. Novos choques.

Onde fica sua célula terrorista? Fale!

Novos choques, novas pancadas. E mergulhou numa bem-vinda inconsciência.

Arthur Friedenreich corria célere no Maracanã, driblando a seleção de negro com suásticas vermelhas. O rosto deles confundia-se com o de seus captores desconhecidos, como se fossem a mesma coisa. El Tigre corria rumo à meta distante. O Rei dá um chutão, varando a rede. Goal! A multidão com bandeiras do Império delira. O Führer dá as costas na tribuna de honra e vai embora, sem cumprimentar o Imperador.

Juvenal acordou, ainda pendurado no cavalete. O despertar não o levara de volta ao seu mundo. Os algozes não estão mais lá, mas ouve estampidos. Tiros? Um grupo armado invade a cela com estrépito, o corpo varado de balas do paramilitar que comandou seu sequestro é jogado no chão, pisado pelas botas dos guerrilheiros que entram. Ajudam-no a descer e o desamarram. Há uma mulher entre eles. Ela o ajuda, amparando-o. Está diferente, mas o repórter a reconhece. É Tanya.

– Sei que foi duro e inesperado. Mas você se saiu muito bem, sem enlouquecer.

O Cronômetro.

O tiroteio continua. Outro guerrilheiro, armado, aparece na porta.

– Os milicos estão chegando! Precisamos ir!

– Não posso pelo menos me vestir? – protestou Máximo. – Estou nu!

– Não temos tempo – respondeu sorrindo, apertando o botão do Cronômetro Alternante. – Você passou no teste. Além disso, eu o verei muito assim. Na maioria das realidades, somos amantes.

Teste? Amantes?

Vestiário

Materializaram-se em outra sala, esta parecendo um aquário de vidro, com um exterior fosco e nebuloso. Não parecia haver nada real além daquelas paredes.

– Onde estamos agora? – disse ele, deixando-se cair sentado no chão, todo encolhido, exausto, machucado. Vestia de novo suas próprias roupas. De alguma maneira, seus ferimentos desapareciam.

– Aqui é o Vestiário, um anexo interdimensional do Campo Alternante – respondeu ela, sem tirar os olhos do Cronômetro, agora com uma forma bem menos reconhecível e cheia de imagens tridimensionais formando-se à sua frente, que ela habilmente manipulava. – Onde recebemos novos corpos ao descarregar o fluxo de *probitons* entre as realidades.

– Para que Realidade vamos agora?

– Para a sua. 1940, convencionalmente chamada "era dieselpunk'. Esperando que o fluxo de *probitons* tenha sido corrigido durante sua ausência. Temos de diminuir, até a extinção, Realidades Alternativas em que nazistas ou assemelhados sejam supremos.

– Então você não é de minha época?

– Venho de fora. Sou uma alternauta.

– Alternauta?

– Viajante entre Realidades Alternativas. Somos uma espécie de patrulha interdimensional, a partir de uma Realidade Matriz altamente desenvolvida no futuro. Nossa missão é corrigir o campo probabilístico, para eliminar as Realidades Alternativas que possam gerar caos, destruição ou holocaustos, impedindo que elas se reproduzam. Nem sempre conseguimos. Se o Reich vencesse a seleção, seria o primeiro de uma série de eventos levando a um mundo de morte e destruição na sua Realidade.

– E qual meu papel nisso tudo?

– Sua herança genética. Assim como seu avô cinegrafista na "era steampunk", a do Charles Miller, você é uma antena natural de *probitons*. Por isso me identificou, mesmo sem a ajuda de um Cronômetro Alternante. Mas tivemos de esperar até sua geração para recrutá-lo.

– Recrutar?

– Sim. Como alternauta.

Prorrogação

A seleção azul real enfrentava o jogo da sua vida no Maracanã, em 1940. O segundo tempo estava nos momentos finais quando os alternautas reapareceram na lateral do campo. Havia outro Juvenal Máximo cobrindo a transmissão da final da Copa. Era estranho ver a si próprio trabalhando e passar despercebido. Tanya segurou sua mão.

– Jamais poderei voltar aqui?

– Não. Nossa função é navegar pelas Realidades Alternativas e estudar com o Cronômetro como mudá-las.

– Mas eu sequer sou cientista. Sou um especialista apenas em *football*. O que esse esporte tem de tão poderoso para criar novas linhas de Realidades Alternativas?

– Funciona de maneira análoga à presença de uma grande massa, cujos *gravitons*, partículas de gravidade, curvam o espaço-tempo. Eventos de massa, como guerras, religiões e catástrofes – ou uma Copa do Mundo, canalizam massa crítica de *probitons*, partículas de probabilidade, que curvam a textura das Realidades Alternativas. O futebol é, então, um excelente campo probabilístico para experimentos em alteração da realidade, conduzidos por alternautas.

– Não tenho um Cronômetro. Mas imagino que toda a Força Alternante de uma torcida poderá mudar esse jogo. E o destino dessa Realidade. É isso?

Gooooooooool!

Gritou o alter ego de Juvenal Máximo.

Um homem desequilibra uma partida.

O cenário parecia mudado no Maracanã. A torcida tão calada após o *goal* germânico e sua aparente superioridade, agora gritava eufórica com o empate que devolvia esperança ao time da casa. Diante dos alternautas repetiu-se um padrão que, de alguma maneira já estava programado na mente dele, e se repetia na Realidade como num filme 3D. Um poderoso fluxo de *probitons* alterava a história, conduzida pela torcida, sem se dar conta de sua existência.

O protagonista era o Rei do Futebol. O veterano capitão da seleção azul real em seu último alento como jogador profissional, Arthur Friedenreich, driblou mais uma vez a *linha Siegfried*, a muralha germânica abalada pelo empate inesperado e mergulhou no campo adversário. Apoiado pelos companheiros, *El Tigre* parecia um equilibrista dançando sobre o inferno. Numa tabela fulminante, o *center forward* avançou sobre o território inimigo, fugiu da violenta marcação e disparou o chute mais importante de sua carreira.

Os dois Juvenal Máximo gritaram com o Maracanã a vitória aos 45 do segundo tempo.

Vestiário

Juvenal Máximo conferiu a tela do seu Cronômetro Alternante, no Vestiário. Desde que voltara da Realidade Alternante, base dos alternautas no futuro, onde fora treinado, ainda estava se acostumando a usá-lo para manipular Realidades. Suas roupas e o aparelho tomaram um aspecto do final dos anos 50. Não era tão difícil, já que cada aparelho era ligado aos seus próprios genes mutantes, o que tornava cada alternauta um patrulheiro único, mesmo que com várias versões suas em diversas Realidades Alternativas. Mas até que dominasse seu novo ofício, teria a companhia de Tanya Titov. Isso também não era nada ruim, já que se tornaram amantes.

– Está querendo voltar a alguma época daquela realidade periférica, estou vendo. – O Cronômetro dela seguiu a mesma orientação. Gostou do vestido e do penteado que assumiu.

– Em minha realidade original... "dieselpunk", como você a classifica, o século XX teve apenas um "le roi du football". Friedenreich, o mulato que derrotou os nazistas. Mas descobri que naquela realidade retrofuturista em que fui jogado, existe outro rei do futebol, chamado Pelé. Gostaria de voltar a ela. Vejamos: Suécia, 1958. Quero conhecer o outro Rei do Futebol.

Acréscimos

Arthur Friedenreich – *Filho de alemão com uma lavadeira negra, foi o primeiro grande ídolo do futebol brasileiro. Nascido no Bairro da Luz, em São Paulo, aprendeu a jogar bola com bexiga de boi e introduziu o drible curto, o chute de efeito e a finta de corpo. Graças a seus olhos verdes, o mulato alto venceu o preconceito de cor dos elitistas times de então e jogou pelo Germânia, Mackenzie, Ypiranga, Paulistano, São Paulo, Atlético mineiro, Flamengo e outros times. Chamado pelos franceses de "Le roi du football", após uma excursão pela Europa, e "El Tigre" pelos uruguaios, após a conquista da Copa Sul-Americana, teria atingido os 1000 gols antes de Pelé, futuro Rei do Futebol, embora não existam registros e imagens da época.*

Charles Miller – *Filho de pai escocês, foi o introdutor do futebol no Brasil, em 1894, que praticou na Inglaterra. Trouxe na bagagem duas bolas usadas, um par de chuteiras, um livro com as regras do futebol, uma bomba de encher bolas e uniformes usados. Sua esposa, uma famosa pianista, o abandonou na década de 1920 para viver com o escritor Menotti Del Picchia, autor de* A República 3000 ou A Filha do Inca*, um dos primeiros romances brasileiros de ficção científica. Mas isto não vem ao caso, exceto por ser este um conto de futebol e ficção científica...*

A Copa do Mundo de 1942 – *Naturalmente, em nossa* Realidade Alternativa *não houve essa Copa, devido ao mundo estar muito ocupado com a Segunda Guerra Mundial. Outras datas podem parecer imprecisas, mas é claro, nem tudo ocorre na mesma época em cada* Realidade Alternativa*. Pelo menos, até que os alternautas editem tudo.*

O ÚLTIMO JOGO
Rodrigo van Kampen

ALGUNS MENINOS TÊM CASAS NA árvore. Outros um sótão vazio. Nós tínhamos o campinho. Tão nosso que lutamos por ele naquela fatídica partida contra os bichos-papões. Mas eu chego lá.

Era um terreno baldio na vila, em que cuidamos do mato, plantamos a grama – embora ambas as áreas logo virassem um belo terrão – e construímos as traves dos gols com caibros que sobraram da construção da casa do Remela.

Remela era o irmão mais novo do Bocão. Aqueles dois viviam brigando e se xingando, Bocão com seu imenso vocabulário de palavrões, a desgosto dos pais e diversão da molecada. Virou publicitário, dono de agência e um ótimo criador de slogans chiclete. Os seus melhores volta e meia são banidos da TV por consumidores ofendidos.

Já o Remela, coitado, até hoje está tentando fazer sucesso com a banda, perdendo seus sábados com bares sujos e péssimos cachês. Claro que naquela época a gente não pensava em slogans, bandas ou cachês. Apenas ríamos lembrando o dia em que o menino perguntou "o que é remela?" enquanto tomava uma baita bronca por dormir na sala de aula.

Em um dos lados do campinho o gol era reto. Em outro aproveitamos uma pequena árvore como trave, o que parecia uma boa ideia no começo, até que suas raízes começaram a crescer demais, derrubando os craques de nariz no chão. O Cabeça que o diga.

Um cearense de sotaque acentuado, que imitávamos em turnos. Nunca fui muito com a cara dele, do seu ar de dono do pedaço e centro das atenções. O coitado voltou a ser o assunto da vila anos mais tarde quando engravidou uma moça, numa época em que a maioria de nós era virgem. Casou-se com ela às pressas, caindo num relacionamento infeliz. Isso foi muito depois. Antes, era só um menino de fala engraçada cuja maior preocupação era perder um jogo quando gripado.

Tínhamos nossa própria bola semiprofissional. Compramos não só pelos seguidos casos de "a bola é minha", mas pelas brigas épicas que surgiam depois do "você que bicudou, vai buscar – eu não, a bola é sua", desentendimentos que interrompiam a partida e ainda pausavam o calendário do campeonato por uma semana inteira.

Sim, porque era sempre jogo de campeonato, com placares cuidadosamente anotados em um velho caderno de espiral amarelo. No fim um dos times do Boleiro vencia e começávamos outro, a ponto de um Sulamericano durar uma tarde, uma Copa do Mundo uma semana e às vezes um Brasileirão um mês inteiro. Todas as equipes formadas por variações dos mesmos seis garotos, que não raro escolhiam na hora o lado com camisa ou sem.

Boleiro era bom de bola, o melhor da vila, chegou até a ir para a peneira, mas foi bem quando deu uma espichada, época em que todo adolescente não sabe direito o tamanho que tem. Ficou alto, perto de dois metros de altura. Conseguiu uma bolsa de estudos para jogar no time universitário de uma faculdade americana, desde que mantivesse boas notas, o que garantia com esquemas não muito honestos. Na vila Boleiro era o craque, o imbatível.

Muito diferente do Gordo. Era sempre o goleiro, ainda que detestasse a posição. Não era nem obeso, mas no meio de um punhado de crianças raquíticas, ficou com o apelido. Era um menino sério. Pelo menos até a adolescência, quando se tornou mais relaxado a ponto de capotar o Mille do pai com cavalinho de pau no terrão. Nessa época fumava um maço de cigarros por dia, emagreceu a ponto de ganhar olheiras profundas, mas nunca se livrou do apelido de menino, de quando era apenas nosso goleiro no campinho.

Nossa bola era o orgulho da molecada, toda preta, com um logotipo da Adidas em verde limão. Semioficial. É muito provável que aquela redonda nem mesmo fosse da marca que a estampava, mas protagonizou partidas épicas, finais emocionantes de Brasil e Argentina, Barcelona e Inter, Santos e Brasil.

A bola durou mais de um ano, até a tal partida contra os bichos-papões. Compramos a danada juntando as mesadas com a venda de uma velha bicicleta minha. Isso foi logo após o Panqueca furar uma das nossas.

Era um cachorro de rua, caramelo, sujo e magro de dar dó, mas que de alguma forma sobrevivia nas redondezas bagunçando o lixo, ou com os restos que deixávamos. Depois da bronca – e até de alguns pontapés – parou com a mania de furar bola. Costumava dormir na beirada do campo, uma plateia não muito interessada nos gols que a gente dedicava, mas a única presente. Pelo menos até a chegada do Esquisito.

Apareceu um dia lá no campinho. A família havia se mudado para a última casa da rua. Pensando bem, acho que não cheguei a conhecer seus pais, ou sequer a vê-los. Mas me lembro do Esquisito. Era branco, ainda mais branco que a irmã do Boleiro. Tinha o cabelo moreno, bem seboso, e olhos azuis. Vestia-se de um jeito engraçado e tinha o andar calado, com o rosto voltado para o chão, observando o mundo de canto de olho.

A primeira vez que o vimos foi na semifinal de Atlético e Ponte, que vencia de dois a zero, placar que só não foi maior devido às belas defesas do Gordo. O Esquisito chegou e parou ao lado do campo, assistindo ao jogo daquele seu modo estranho. Na verdade nem o teríamos percebido ali se não fosse o Panqueca latindo desembestado.

"Ei, esquisito, quer jogar?", perguntou Bocão, definindo assim seu eterno apelido.

O menino cogitou as alternativas. Estava de calça cáqui, camisa social e um sapato. Naquele calor. A maioria de nós sequer tinha um sapato em casa, talvez uma única camisa para ir em casamentos.

"Não, obrigado. Não sei jogar."

A resposta chocou mais do que as roupas. A ideia de um menino que não sabia jogar futebol não era algo que funcionasse em nossas cabeças pequenas. Esquisito sentava-se ao lado do Panqueca, às vezes afagando o animal. Um dia finalmente jogou, quando o Cabeça estava doente e a seleção da Holanda precisava de alguém para completar o time.

Céus, como era ruim. Foi um massacre, a Laranja Mecânica atropelada por oito a zero. Perna de pau era pouco para o menino, que no gol também não era melhor. Bocão deu risada ao marcar de calcanhar.

"Bocão, é a primeira vez do cara, dá um desconto. Liga não, você aprende a manha." Gordo fez de tudo para encorajar, na esperança de sair do gol.

"Só se nascer de novo", emendou Remela, com a sinceridade que só um menino de onze anos pode ter.

Esquisito parecia não ligar. Tinha o sorriso aberto, embora o rosto ainda se voltasse para o chão. Desde então jogou outras vezes, quando alguém faltava, e contentava-se com isso.

O campinho era nosso universo, nossa fortaleza. Pensávamos que nada poderia ser pior do que ver uma menina pisar no gramado sagrado. Foi quando os bichos-papões apareceram.

Primeiro vimos a árvore. A final da Copa do Mundo, Venezuela e Índia, estava marcada para as oito da manhã de um sábado. Um belo dia de verão, céu azul e sol forte. Quando eu saía de casa, Bocão, Remela e Gordo apareceram correndo. Se Gordo estava quase branco, Bocão tinha os dois olhos arregalados e falava em pausas para respirar.

"João!... O campinho... Tem uma árvore!"

"Tá, e daí?"

"Não, cara... É uma árvore... gigante! Bem no meio!"

Ouvimos os latidos do Panqueca e corremos. Uma árvore enorme tinha crescido da noite para o dia em nosso querido gramado. O tronco era tão grande que os seis não conseguiriam abraçá-la e a copa ia alta, muito acima de qualquer casa na região. Tinha folhas largas de um verde vivo e era cheia de cipós, pendurados como cordas apoiadas dos galhos.

Alguém gritou para o Panqueca parar de latir, mas percebemos que ele não rosnava a esmo para a árvore, mas para cima. Havia algo ali. Ou alguém.

"Como isso veio parar aqui?", perguntou o Cabeça.

"Sei lá, cresceu", sugeriu Remela.

"Cala a boca, Remela, árvores não crescem assim da noite pro dia. A gente jogou aqui ontem!", respondeu Bocão.

"Gente, é o fim do campinho... A gente nunca vai conseguir tirar isso daí", disse Boleiro, sentando-se no chão. Fizemos o mesmo, refletindo por um momento. Ele estava certo, era o fim.

"Não, espera, tem algo estranho", comentei. "Uma árvore não pode surgir assim do nada."

"Tá, João, mas apareceu aí. E agora?", perguntou Remela.

"Agora a gente investiga."

Não foi uma longa investigação. Suas raízes eram profundas, havia grama e musgo por cima delas, como deveria ser. Chegamos a tentar escalar, mas nenhum dos cipós descia onde alcançávamos e o tronco era grosso demais para qualquer apoio. Inúmeras folhas cobriam o chão, além de alguns galhos antigos. Nada indicava o absurdo da situação, como se aquilo estivesse sempre ali.

A gente só sabia que não estava louco porque logo adiante havia a outra pequena árvore com os dois caibros apoiados formando um gol. O palco de nossos grandes épicos fora invadido, só não sabíamos como. Quando olhei para cima, tive a impressão de ver um par de olhos lá do alto. Um calafrio percorreu minha espinha.

Gritei para os colegas, apontando, mas nada. Decidimos voltar cada um para sua casa, talvez os adultos tivessem uma solução.

Nos reunimos novamente às três, sob a sombra de nossa grande inimiga.

"E aí?", perguntaram enquanto eu me aproximava.

"Muito estranho. Foi como se esta coisa estivesse sempre aí. Meus pais acham que o campinho era em outro lugar", respondi.

"Mesma coisa lá em casa", comentou Remela. "O Boleiro também disse que o pai dele falou que ele estava ficando meio doido."

"Mas então por que só a gente sabe que não estava?"

"Porque vocês têm uma ligação especial com esta terra." Quase caí para trás de susto. Ninguém viu o Esquisito chegar, caminhando lentamente sem olhar para nenhum de nós. "E também porque funciona melhor com os mais velhos. É muito mais fácil convencer um adulto de que sempre foi assim."

Estávamos sentados em um meio círculo, trocando olhares. Aquele papo era realmente estranho e começava a assustar. Boleiro levantou os olhos:

"Esquisito, você sabe alguma coisa sobre isso? Assim como apareceu aqui, vai embora?"

O menino refletiu por um instante e agachou-se, apoiando na ponta dos pés com os cotovelos nos joelhos.

"Olha, eu acho que eles vão embora sim... Mas provavelmente vai levar alguns anos."

"Eles?"

"Os bichos-papões."

Foram cinco segundos de um silêncio assustador antes que caíssemos na gargalhada. Só o Esquisito não ria e pouco a pouco nos calamos. Nenhum de nós sabia estar tão perto de um. Ou alguns.

"Esquisito, como você sabe essas coisas?", perguntou Gordo, com a voz sutilmente trêmula.

O menino sorriu e respondeu com os olhos fixos numa folha qualquer do chão.

"Eu estudo um pouco..." Então tivemos certeza que ele não brincava sobre os bichos-papões. "De qualquer modo, eles não vão sair de graça."

"E pelo jeito nem por toda a droga da nossa mesada", concluiu Bocão.

"Não é isso, eles não ligam para dinheiro. Acho que sei um meio de conseguir o gramado de vocês de volta. Mas pode ser perigoso."

"Qualquer coisa, cara", animou-se Boleiro.

"Então eu vou precisar que vocês digam uma frase para mim. Todos vocês digam 'eu lhe autorizo a negociar em meu nome segundo as antigas tradições.' Só isso."

"Espera, se a gente vai fazer isso, vamos fazer direito", disse Remela, atraindo o olhar de todos. Então cuspiu na mão e pediu para Esquisito fazer o mesmo, repetindo a frase e selando o pacto.

Todos nós fizemos. Não foi uma coisa muito inteligente, mas em nossa mentalidade mirim nada podia ser pior do que perder o campinho.

Esquisito disse que resolveria a questão à noite, nenhum de nós se ofereceu para acompanhá-lo. No dia seguinte, ali estávamos sob a mesma sombra quando o menino apareceu para contar os resultados.

"Acho que deu certo", disse ele.

"Eles vão embora?", perguntei.

"Quase isso. Fiz uma aposta. Vocês vão jogar contra eles amanhã, seis contra seis, aqui no campinho. Se vocês vencerem, eles vão embora."

A comemoração foi geral, abrimos todos um grande sorriso, até que o Cabeça perguntou.

"E se a gente perder?"

"Eles devoram vocês", disse Esquisito, como se não fosse nada demais. Ficamos calados olhando para ele, tentando entender se era algum tipo de brincadeira.

"Se eu morrer minha mãe me mata!", reclamou Remela, balançando a cabeça.

"Relaxa, pessoal, eu vi vocês jogarem. Vai ser uma lavada! De qualquer modo, a aposta está feita, vocês me confiaram a negociação do acordo. É bom aparecer."

A partida estava marcada no horário mais secreto possível, às três da tarde, quando um menino pode desaparecer por horas antes de alguém dar por sua falta.

Fui o último a chegar na casa do Gordo, de onde partimos para a batalha. Da porta vimos que a árvore não estava mais lá. Sumiu do mesmo modo que surgira.

Esquisito nos aguardava com o outro time. Os bichos-papões eram criaturas humanoides troncudas e baixas, quase do nosso tamanho. Usavam aqueles shorts sintéticos brilhantes, cada um de uma cor, e estavam sem camisa. Tinham a pele esverdeada, os olhos azuis e um cabelo armado, escuro como a sombra. E verrugas, muitas verrugas pelo corpo todo. Poderiam até se passar por humanos, não fosse o enorme nariz quase em forma de focinho e o olhar amedrontador.

Paramos a poucos metros, encarando nossos adversários. Combinamos que deveríamos parecer confiantes e irritados com a invasão, mas no fundo éramos crianças apavoradas, o que resultou num estranho festival de caretas.

"Como combinado, cinco gols vira, dez termina", disse Esquisito, enquanto engolíamos seco o nosso terror. Se os bichos-papões perderem, vão embora do campinho. Se ganharem..."

"Se a gente ganhar, a gente devora esses seus coraçõezinhos inocentes", sorriu o capitão do time adversário, com seus dentes pontiagudos.

Começa a partida e logo a adrenalina nos fez esquecer tudo que estava em jogo. Era futebol, que a gente conhecia melhor do que tudo.

Nossa superioridade técnica encontrava obstáculo na truculência dos bichos-papões, que entravam na jogada de ombro, cotovelo e cabeçada. E claro que uma partida entre meninos de onze anos e criaturas folclóricas nunca teria um juiz, o que dava ampla vantagem aos adversários.

Havia também um outro problema: nenhuma das técnicas do Boleiro estava funcionando, eles sempre pulavam na frente do jogador, ignorando a bola. Seria uma tarde mais difícil do que esperávamos.

Abrimos o placar com uma bela bica do Cabeça, coroando uma linda troca de passes. Se os dribles não davam jogo, a gente teria que fazer a bola passar por todo mundo.

A alegria não durou muito, um bicho-papão partiu com a bola nos pés e atravessou o campo, enquanto os outros nos tiravam da frente com o jogo de corpo. Gordo não teve nem chance contra aquele chute de dedão. Um a um.

Insistimos na troca de passes, Remela para Cabeça, lançamento em cobertura e gol! Bocão marcou mais três, coroando o placar de cinco a um que deu início ao intervalo de dez minutos antes de recomeçar com o campo trocado. O vento soprava a nosso favor, não fosse um porém: para segurar aquela jogada irregular deles alternávamos entre bater o corpo de volta ou ganhar na corrida e estávamos exaustos.

Segundo tempo. Como se o cansaço não bastasse, o Remela recebeu um passe ao lado do gol e foi passar a vaca num bicho-papão, que ignorou a bola e o empurrou com os ombros onde estavam as raízes da árvore que fazia uma das traves do gol. Ele caiu e não levantou mais, seu pé começou a inchar.

Estávamos com um jogador a menos. Para o nosso desespero, Esquisito teria que jogar. Mandamos ele para o gol, a posição menos importante em nossas cabeças de onze anos. Gordo deixou escapar um sorriso de canto de boca, era sua hora de brilhar.

Até que não foi mal na linha e marcou o sexto gol do nosso time. Mas a cada frango do Esquisito a tensão aumentava. Foram dois no comecinho do segundo tempo, um humilhante gol de goleiro, mais três bicudas do meio do campo. Nosso ataque continuava firme e forte marcando sete, oito, nove. Mas com a defesa aberta o jogo chegou até o terrível empate em nove a nove.

Estávamos temerosos e cansados. Faltava apenas um último tiro de misericórdia. A bola era deles. O goleiro soltou para o zagueiro. Boleiro avançou para cima no tudo ou nada, mas ele passou para outro na esquerda, bem à minha frente. Tentei roubar, mas um cotovelo na costela me tirou o ar por alguns segundos. Não driblou o gordo que estava pouco atrás, e cruzou uma invertida. Bocão não conseguiu cabecear para interceptar. Mais um passe e Cabeça era nossa última esperança. Foi vencido por uma cortada para o lado. Era o bicho-papão e o gol.

Havia ainda o Esquisito. Até hoje essa cena se confunde em minha cabeça, se não foi ilusão ou minha mente pregando peças. O Esquisito pulou para a esquerda, o chute foi para a direita. Então, no meio do salto, com um sorriso estranho, lá estava ele, em direção à bola. Foi como se tivesse mudado de direção em pleno voo, como se por um segundo sumisse para aparecer no lugar certo. Agarrou a bola com firmeza.

Se há uma regra que você nunca vai encontrar em um futebol de campinho é o impedimento. Boleiro estava livre lá na frente e chamou a bola. Esquisito mandou um passe incrivelmente preciso, que Boleiro matou no peito e marcou de bicicleta, o nosso gol de ouro.

Virou o grande herói do jogo, ainda que os méritos fossem todos daquele menino estranho.

Foi a alegria de vencer uma copa, todo mundo pulando, fazendo montinho em cima do Boleiro, mais felizes pelo resultado do jogo do que por suas consequências, a vitória pulsando em nossas veias. Nem reparamos quando um deles estourou nossa bola com a unha do dedão do pé.

Mas no dia seguinte a vida batia em nossas portas. Fui estudar em um colégio técnico de outra cidade e me envolver com pessoas erradas. No dia seguinte, Cabeça engravidava a pobre moça. No dia seguinte, Remela tocava para meia dúzia de bêbados em bares sujos. No dia seguinte, Gordo fumava um maço de cigarros por dia. No dia seguinte, nenhum de nós voltou ao campinho.

Aquele jogo é uma das últimas lembranças que guardo de criança, de quando tudo o que havia no mundo era uma tarde de sol, alguns amigos e um jogo de futebol. Nada foi o mesmo depois do último jogo, não por um grande motivo, mas por várias pequenas coisas que aconteciam. Às vezes, quando paro para pensar sobre o que ouvi daquele bicho-papão, "nós vamos devorar seus corações inocentes", pergunto-me se realmente vencemos aquele jogo.

NOS GRAMADOS EM CINZAS DA ARENA DO ABISMO

Marco Rigobelli

CLAUDINHO CORRIA COM A CLASSE de um gato, passava pelos adversários driblando como se eles não fossem obstáculos, e de fato não eram; qualquer uma das 43.372 testemunhas presentes no estádio podia ver que nenhum dos três jogadores pelos quais ele passou antes de distribuir a bola parecia uma ameaça à jogada. O futebolista estava outra vez fazendo uma exibição de gala para a arena lotada, ele passou os últimos nove anos de sua meteórica carreira colecionando momentos assim e se habituou a ser o melhor jogador da partida e a reunir apelidos que exaltavam suas qualidades. Uns afirmavam que ele era obra de bruxaria, que havia algo muito poderoso olhando pelo seu sucesso, outros só se perguntavam como ele conseguia fazer isso tudo em campo com a vida desregrada que levava – mas todos sempre concordavam em uma coisa: acima de títulos, de levar sua equipe à vitória, o maior objetivo de Cláudio sempre que colocava primeiro o pé direito em campo era ser o centro das atenções, todas as outras coisas seriam consequência disso.

Ele era tão ágil que podia passar pelos jogadores do outro time quase sem ser percebido. E esse também era o caso dos Cães do Inferno, com a diferença de que eles estavam de fato incógnitos para todos exceto por Cláudio, que ouviu seus rosnados e viu a massa grotesca de músculos, couro e pelos que dava forma a essas criaturas. Eram dois deles, que nunca caçavam sozinhos, arrancando tufos do gramado enquanto partiam num bote feito de pesadelos. O craque percebeu, mas sua agilidade não era mais o suficiente, não naquele momento. Enquanto seu time cobrava um escanteio e ele, como sempre, se posicionava no segundo pau, os Cães avançavam atravessando os outros jogadores como se fossem feitos de ar. A jogada já era tão manjada que ela só conseguia ainda ser possível graças às habilidades sobre-humanas de Claudinho. Dessa vez, como poucas vezes aconteceu, o lance falhou.

Quando os Cães Infernais alcançaram Cláudio, ele sentiu o peito arder e o ar abandonar seus pulmões tão rápido quanto a vida tomava o mesmo caminho. Tudo acontecia enquanto a bola traçava uma parábola na direção do atacante, que nem capaz foi de reagir. O zagueiro adversário saltou como se o chão estivesse em brasas e escorou a bola pra fora da área sem notar que o homem do qual ele queria tanto mantê-la longe amolecia e tombava de encontro ao gramado.

No final desse dia, os programas de debate esportivo discutiram os cuidados que os clubes tinham com a saúde dos jogadores, faziam homenagens improvisadas ao grande craque que partiu prematuramente, tendo se consagrado em seu clube, prestes a transferir-se para a Europa e às portas da primeira Copa do Mundo que tinha real oportunidade de vencer, depois de uma tentativa frustrada três anos atrás, quando ele descobriu que não era sempre capaz de carregar um time nas costas. Algumas mulheres choraram sua perda, a mãe mais que todas as outras. Muita gente dependia do que Cláudio havia construído, e o castelo de cartas ia desabando à medida que a ficha de sua morte caía um pouco mais cada vez que ela era noticiada. O clube europeu com o qual ele já estava verbalmente acertado divulgou nota lamentando o ocorrido e causando uma pequena indisposição ao cutucar a estrutura no clube brasileiro de Claudinho que, segundo eles, "foi incapaz de diagnosticar o problema cardíaco que custou a vida de um dos maiores talentos que o esporte já viu".

As camisas amarrotadas pelo vento, o borrão que representava a torcida eufórica, o reflexo do sol na lente da câmera de TV, o repórter olhando ansioso pelo gol que sua profissão impediria de comemorar. Em um instante mais nada daquilo estava lá. Quando os Cães alcançaram Cláudio, ele sentiu uma dor breve e agoniante e instantes depois despertou em uma sala miúda, com não mais que a cama onde estava deitado, um pequeno criado-mudo com um livro desfigurado também descansando e um ventilador ligado que mais parecia estar ali pelo prazer da piada, porque o calor beirava o obsceno.

Claudinho ainda se sentia desnorteado. Quando tomou coragem para levantar, nem precisou se dar ao trabalho de procurar pela porta. Ela estava bem ali na frente, ocupando quase que uma parede inteira do cômodo diminuto. Cláudio engoliu uma golfada ácida de ar, como se ali estivesse o elixir que lhe daria forças, e levantou na direção da saída. Foi quando ele estranhou algo; se estava morto, por que respirava? Não dava pra dizer que o lado de fora do quarto era muito diferente de dentro – o calor permanecia, da mesma forma que a austeridade. – Carlinhos estava em uma espécie de vilarejo, com construções afastadas, prédios modestos e tudo parecendo muito antigo. Aquilo lembrava a ele da cidadezinha italiana onde ficou quando negociava sua transferência para a Europa, mas de alguma forma ela era menos aconchegante.

– Finalmente, você chegou.

Hesitante, ele se virou na direção de quem falava, a voz sorridente era familiar de uma maneira inconfundível. No entanto, Claudinho viu alguém diferente do homem que conhecia. Era levemente menos humano, mas o queixo pontudo e as sobrancelhas que só podiam ter sido desenhadas eram inconfundíveis. Aquele tique irritante no ombro direito também estava ali, para tornar o momento ainda mais desagradável.

– Deriel – o demônio pareceu agradecido por ouvir som do próprio nome. – O combinado foi quinze anos.

– Sim.

– Mal se passaram nove anos.

– Eu sei contar – Deriel não soou irônico.

– Então o que estou fazendo aqui?

A expressão do demônio se transformou, a careta de insatisfação pareceu enrugar suas sobrancelhas decoradas e o desconforto dava pistas do completo desinteresse que tinha em explicar aquilo. Deriel não estava habituado a ser questionado, mas tampouco sabia lidar com uma situação como aquela. Ele se sentia acuado e sabia que teria de lidar com as consequências de quebrar o contrato com um humano.

– Eu fiz uma aposta. E preciso de você pra ganhar.

Ao ser invocado por Cláudio, Deriel apostou a duração do contrato na primeira oportunidade que teve. Por um motivo que demônios são velhos demais para lembrar ou jovens demais para saber, todos os pactos têm duração de dez anos – com reajustes dependendo de apêndices e acertos adicionais. – Este feito entre eles tinha quinze anos porque Deriel não podia perder a oportunidade de propor uma aposta onde se ele vencesse o contrato perderia cinco anos e se perdesse ganharia cinco. Por isso Cláudio não estranhou ao ouvir a justificativa do demônio, parecia algo que ele fazia sempre.

– Que tipo de aposta?

– Apostei que venceria o time do chefe em uma partida de futebol.

Bastava a Claudinho os conhecimentos que já tinha sobre a hierarquia do Inferno para saber de quem Deriel falava. Também não precisou de muito raciocínio para entender qual seria seu papel nisso, mas ainda não sabia que vantagem teria se ajudasse o demônio. Nas atuais circunstâncias, não acreditava que houvesse alguma.

O pequeno problema de Deriel com apostas não fez dele uma das pessoas mais queridas no Inferno; estava afundado em dívidas graças às apostas que sua natureza o obrigava a fazer – e nem Lúcifer, o senhor daqueles domínios, conseguiu escapar de apostar contra Deriel e vencer. – A grande solução do demônio foi fazer outra aposta onde se ele vencesse todos os débitos seriam perdoados e se perdesse, todos os contratos por almas seriam entregues também como uma forma de sanar a dívida. Deriel esperava vencer em qualquer resultado e quebrar quase todas as regras estabelecidas para o pacto no caminho. Cláudio, claro, não precisava saber dessa parte.

– Ainda não vi que lucro tenho nisso – inquiriu Claudinho –, estava para me transferir pra Europa, porque já não tinha mais o que ganhar no Brasil. E diferente disso, livrar seu rabo não fazia parte de nosso pacto.

– Quem disse que não? – essas palavras saíram de Deriel como um alívio. – Quer maior prova da sua qualidade no futebol do que ser um grande jogador onde nenhum outro jamais foi? Quantos conhece que fizeram a carreira no Inferno?

Claro que nenhum passou pela cabeça de Cláudio, mas ele não podia ser derrotado pelo argumento do demônio, porque não havia nenhuma garantia de que o contrato não havia simplesmente sido quebrado e Deriel o estava fazendo de idiota. Não restava muito o que pudesse ser feito, esse era um dos grandes problemas pelos quais as pessoas costumavam passar quando se davam contar de que não sabiam ler contratos. Ele estava a mercê das cláusulas que Deriel inventasse no momento e não podia protestar porque não sabia se elas seriam ou não reais.

Essa insegurança era a vantagem do demônio, que esperava envolver o jogador e seu completo desconhecimento das regras de pacto considerando que convencê-lo da importância desse jogo não parecia suficiente. Cláudio não sabia como reagir; a verdade é que a ele não restavam muitas alternativas. Está no Inferno, abraça o Capeta.

As construções ao redor os interromperam com gemidos que pareciam rocha se quebrando e esfarelando no chão. Eles então começavam a se mexer. Por não terem pernas ou por viverem com elas enterradas no chão, os edifícios se limitavam a torcer levemente seus troncos de alvenaria para a esquerda e para a direita, repetidas vezes, como numa espécie de alongamento. Dentro de cada um deles urros se misturavam aos gemidos, todos choramingando liberdade e se arrastando por perdão. Ouvir aquilo era aterrorizante, porque alguns prédios moviam-se no ritmo da dor que exalavam. Deriel, por sua vez, agia como se estivessem vendendo cachorro-quente e ele simplesmente não estivesse com fome.

Exceto por essas construções, o resto do Inferno era uma solidão angustiante de terra árida, desolação e o vento, que parecia a única alma viva em todo aquele lugar, porque era possível ouvi-lo lamentar. Esse vazio era cortado por um homem que corria de uma multidão e em algum momento era apanhado, seu corpo acabada destroçado entre gargalhadas de satisfação, mas voltava a ser inteiro instantes depois – a metros de onde morrera – para então correr outra vez e repetir todo o processo.

– Que lugar é este? – perguntou Cláudio.

– É o Inferno, ora.

– Sim, mas este lugar onde estamos tem que ter um nome. Que lugar do Inferno é?

– Os lugares não recebem nomes por aqui, a última coisa que as almas querem é estabelecer qualquer laço. Você só chega, sofre tudo o que pode, morre milhões de vezes, tem sua alma destruída e vai embora, quando alguém te deixa ir. Ao final disso, não vai querer ter um nome para nada relacionado às coisas que passou por aqui.

– E é assim que pretende me convencer a te ajudar? Me lembrando da merda em que me meti?

– Com você nada disso vai acontecer – persuadir sem mentir era quase um mantra para muitos demônios. Eles queriam ver as pessoas se entregando por vontade própria, não porque foram enganadas. – Mas apenas se vencermos a partida. Aí terá sua alma de volta.

Levar Claudinho a aceitar jogar não foi muito difícil para Deriel. O problema do demônio estava em formar o resto do time, principalmente um que não fosse atrapalhar os planos dele. Ninguém poderia contar a Cláudio as consequências da quebra de contrato. Ele poderia exigir o pagamento das dívidas de todos os que perderam para ele em apostas, o problema é que esse tipo de gente não existia. Perder apostas era parte da natureza dele e, assim como a alma, a natureza de um demônio era imortal.

– O lugar onde vamos jogar é parecido com esse? – perguntou. – Porque não vejo nossas chances chegando perto de serem favoráveis desse jeito.

– Não, temos um estádio de futebol por aqui. Ele segue padrões de conservação diferentes do que provavelmente está acostumado, mas é um ótimo lugar para a partida. É lá onde punimos os maus atletas. – Ao fundo, as construções rangiam novamente com o som de ossos quebrando e carne empapada esmagando-se.

– E o resto do time? – Cláudio evitou perguntar que tipo de punições existia normalmente no lugar, achou que não era o tipo de informação que precisava saber.

A vantagem de Deriel é que o Inferno estava cheio de almas dispostas a qualquer coisa capaz de tirá-las da tortura pelas quais passavam. Antes mesmo de trazer o jogador de volta o demônio já traçava planos e escalava sua equipe. E foi assim que seu apanhado se formou com: Cláudio, nove carregadores de piano e um goleiro mais acostumado a levar frangos que instrumentos musicais. As previsões não eram favoráveis, mas até aí nem todo o desejo do mundo pela vitória salvaria a alma do jogador, que já se preparava para o pior. Se a situação que vivia agora era a versão do Inferno para a concentração, ele se arrependia de um dia ter reclamado de se concentrar em seu clube.

Cláudio não conseguia entender como as coisas funcionavam no Inferno. A sensação constante era de não estar ao ar livre, o lugar parecia com um imenso complexo onde cada sala representava um setor diferente. O terreno árido onde estava servia como uma espécie de corredor e as construções levavam para lugares completamente distintos. Deriel tinha explicado que os círculos do Inferno funcionavam de formas diferentes para cada alma, porque aquilo de mais angustiante que havia para uma, não seria possível para outra. No entanto, ainda que os elementos da tortura fossem diferentes, o lugar onde eram aplicadas precisavam ser familiares para dar às almas uma sensação de perda. Quando Cláudio perguntou o motivo disso, Deriel riu e disse que era assim que novos demônios nasciam. O jogador preferiu não tocar mais no assunto.

O estádio tinha uma placa que já tinha visto dias melhores com "Arena do Abismo" escrito. Não havia cobertura para as arquibancadas em forma de ferradura que se estendiam por muitos metros ao redor do campo de grama queimada, rodeado por uma pista de atletismo esburacada que servia como único obstáculo entre a torcida e os jogadores. Tudo nesse lugar era superlativo, as medidas do gramado tinham o triplo das oficiais, cada meta era duas vezes maior, as arquibancadas poderiam receber trezentas mil pessoas e ver o goleiro posicionado embaixo do gol parecia uma piada de mau gosto. Atrás desse gol levantava-se o imenso penhasco de onde o nome do estádio foi emprestado. Mesmo de chuteiras Cláudio conseguiu sentir o gramado em cinzas desmanchando sob os pés a cada passo que dava pelo campo.

Os espectadores começavam a chegar e não podia haver uma definição melhor de público variado. Quase todo o Inferno queria estar presente, porque não era sempre que desafiavam o chefão para alguma coisa. Eram demônios, almas, monstros, todo tipo de criatura se espremia ansiosa pelo inicio da partida enquanto fazia piada do time que Deriel tinha formado. Cláudio se sentia em uma versão bizarra das peladas que jogava quando era criança, mas normalmente a piada nelas era ele. Foi de pior jogador do time a última esperança de um demônio como jogador de futebol, as coisas mudavam.

Quando o time adversário entrou, Claudinho sentiu-se murchando. Embora ninguém ali parecesse saber o que de fato fazer com uma bola, eles eram – sem qualquer dúvida – mais aptos a vencer. Eram demônios corpulentos, com asas, o goleiro tinha dois pares a mais de braços, um zagueiro contava com tentáculos e o camisa dez tinha o semblante de um touro com os chifres em chamas. Se houvesse uma forma de se borrar, Cláudio já estaria sujo.

Ele ainda tentou convencer Deriel a desistir disso, mas o demônio já tinha ido longe demais para abandonar a aposta. E era contra Lúcifer que eles estavam, se ele quisesse que essa partida acontecesse, ela aconteceria independentemente dos termos. Ainda que nunca tivesse o visto, Cláudio reconheceu o homem de pele bronzeada e olhar secular que observava a todos no estádio sem ter que mover os olhos. Ele era tão velho que dava para sentir o peso dos séculos só de estar por perto, a presença dele invocava o nascimento de estrelas e o início da espécie humana. Lúcifer era alguém que vivia ontem, hoje e amanhã; aqui e ali. E em nenhuma dessas condições o Diabo era outra coisa que não opressivo. Claudinho viu-se obrigado a jogar, esse não era o tipo de gente a quem se negava as coisas.

Quando a partida começou, as coisas ficaram ainda piores. Os adversários transformaram os gramados em cinzas num tipo estranho de açougue. As almas torturadas que formavam a piada na qual Cláudio era a principal estrela estavam sendo destroçadas por entradas, agressões e faltas não marcadas do outro time. Quando tentou argumentar com o juiz que mais parecia uma árvore seca viva, ele descobriu que no Inferno, os demônios eram uma casta superior a todas as outras, por isso eles tinham privilégios. Claudinho e o resto do time deveriam estar agradecidos pelas faltas não terem sido revertidas para eles.

Na primeira vez que o jogador conseguiu dominar a bola com alguma liberdade, o juiz marcou uma falta pela humilhação que aplicou no demônio ao dribá-lo girando o corpo pelo lado dele. Depois disso, tudo o que ele fazia era tocar para o lado quando a bola chegava. Mal tinham se passado quinze minutos, mas já parecia uma eternidade. Ninguém era capaz de assumir a liderança da partida, porque os jogadores ou eram muito ruins, ou estavam incapazes de fazer alguma coisa. Esse tipo de enganação parecia uma espécie de brincadeira dos demônios, Deriel sabia disso e se frustrava, mas não havia nada que pudesse fazer. Tudo o que estava ao alcance de Cláudio para evitar a derrota de sua equipe, ele fazia – e o campo de proporções gigantescas parecia afetar pouco seu fôlego.

O tempo ia passando devagar, Deriel também acompanhava cada segundo e sua preocupação parecia diminuir na medida em que o fim do primeiro tempo se aproximava. Quando Claudinho evitou um gol e outros dois rebotes usando a perna, o peito e a cabeça, o relógio marcava a proximidade dos noventa minutos do primeiro tempo. Lúcifer tinha essa peculiaridade: dobrar a tortura das pessoas. Por isso mesmo não existiam acréscimos, aos olhos dele a esperança da vitória era um sentimento tão asqueroso que anulava completamente o prazer do medo de perder.

Quando o juiz sem rosto fez soar o apito de fim do primeiro tempo, as pernas de Cláudio eram incapazes até mesmo de se arrastar. Todos no seu time pareciam em perfeita forma, o mesmo dava para se dizer dos adversários, mas ele sentia todas as energias se esgotando. O vestiário era quase tão árido quanto a arena em si, a grama sintética também estava em cinzas e as traves pareciam metal fundido. Ninguém lá parecia se importar com o que aconteceria a seguir, cada uma das almas cuidava dos próprios assuntos – que naquele momento consistiam basicamente de não sofrer. Graças a isso eles estavam agradecidos a Deriel, que parecia aliviado com o empate.

Como era de se esperar, o tempo de descanso no vestiário era diminuído pela metade no Inferno. Quando toda a equipe se preparava para voltar a campo, Claudinho manteve-se imóvel.

– Por que está parado? – Deriel perguntou.

– Porque ainda não sei qual é meu papel aqui. Fui trazido antes do nosso contrato acabar, com a promessa de que se vencesse teria de volta tudo o que perdi com o pacto. Quer dizer que se perdermos ou empatarmos eu fico assim, na merda?

– Eu nunca disse que o Inferno era justo. Vamos lá, suba ao campo e faça valer nosso combinado, não tem outro jeito de conseguir sua alma de volta sem vencer.

– Na verdade tem – Cláudio respondeu. – Aposto que terminamos o jogo sem levar nenhum gol.

O calor não deixou Deriel suar frio.

– Se eu vencer, minha alma está livre, se você vencer, pode tê-la mesmo com nossa vitória.

O demônio tremeu por dentro, a natureza dele gritava para aceitar, mas o bom senso seguia por outro caminho. Mesmo sem a aposta, o empate permanecia como um vácuo, porque nem ele sabia qual seria o resultado nesse caso. Se descobrissem que quebrou um contrato, poderia ser punido de forma que fosse além de qualquer dívida ou aposta.

– Por que não? Se acha que vai conseguir resolver tudo sozinho, só tenho a lucrar – respondeu, por fim.

Antes de conseguir perguntar como selavam esse tipo de acerto por ali, Cláudio teve a mão puxada por Deriel, que com uma unha rasgou um talho pela extensão da parte interna dos antebraços direitos de ambos. Ele então apertou a mão do jogador, de forma que os cortes se tocassem. Não havia sangue, mas um líquido branco viscoso gotejava e o contato das feridas fez o braço dele arder. Cláudio olhou incrédulo, com a expressão de quem não achava possível sangrar naquelas condições.

– Esse é o pacto de sangue por aqui. Sua alma está tão viva quanto você jamais esteve, mas aqui interpretamos o mundo de nossa própria maneira – Deriel explicou, sério. – Agora vá lá vencer sua aposta.

Logo no início do segundo tempo, o time de Lúcifer atacou em mutirão. Eram cinco criaturas revoltantes tocando a bola de maneira desajeitada e tentando envolver a marcação. Cláudio sentiu aí sua deixa. O zagueiro de tentáculos parecia desarticulado demais para entender como tantos membros funcionariam em uma partida de futebol, Claudinho roubou a bola dele com facilidade e avançou, correndo tão rápido quanto podia em um lugar onde tudo lutava contra ele. A sensação de imortalidade o atingiu pela primeira vez desde que desceu ao Inferno; porque por mais que corresse, não sentia cansaço. Graças a isso ele passou pelo primeiro marcador com um toque leve na bola e quando deu por si já estava na entrada da (imensa) grande área. O goleiro de quatro braços já crescia na frente dele, mas não fazia ideia de como proteger uma meta. Chegava a ser estúpido como alguém tão grande conseguia deixar tanto espaço para o gol. Mais estúpido ainda Cláudio se sentiu quando chutou e a bola não entrou, passando rente pelas traves com o petardo.

Após isso, a equipe de Lúcifer ficou mais cuidadosa. Exceto pelas investidas seguintes de Cláudio, mais ninguém tinha lá muita preocupação em atacar. O tempo era coisa da cabeça no Inferno e todos pareciam entender isso com certa facilidade. Menos ele.

Cada nova jogada que não resultava em nada arrancava um lamento sonoro da torcida, eram tantas pessoas que mesmo o uivo do gol perdido, quando cantado em grupo, soava como uma trombeta. Era bem diferente do que ele sentiu em qualquer estádio que tinha jogado quando vivo, mas de maneira nenhuma mais agradável. Claudinho jurou sentir o chão tremer de nervosismo sempre que algum dos jogadores de Lúcifer tentava fazer o gol e o ar ficava mais denso sempre que era ele quem atacava. Eventualmente isso tirou sua atenção e o driblado acabou virando Cláudio. Só nesse momento se lembrou que outros jogadores também estavam em seu time, e eles representavam pouco mais que coisas no caminho dos adversários. O dos chifres em chamas passava por eles como se cada espírito fosse uma cortina e, ao chegar em Cláudio, não foi diferente, e o gol era a consequência natural.

Os gritos da arquibancada certamente causaram algum desequilíbrio no espaço tempo, porque nem a própria vontade do Inferno e seu senhor seriam capazes de causar aquele tipo de efeito. Deriel venceu sua primeira aposta, Claudinho sentiu-se completamente estúpido. Nenhum deles esboçou uma reação e o goleador também não vibrava, aquilo era uma obrigação que ele cumpria, não havia prazer no Inferno, só satisfação pela perda do outro.

Quando a bola retornou ao círculo central, Cláudio ouvia os demônios berrando impropérios em sua própria língua arrotada. Não era nada com o que ele já não estivesse acostumado no futebol, mas cada palavra cuspida pela boca daquelas criaturas soava como punição. Ele manteve o silêncio ao dar o pontapé que colocava a partida de volta nos eixos, dominava a bola e a mantinha sob seu controle com uma facilidade que não era natural. Ele pensava que os demônios podiam parti-lo ao meio, se quisessem, e o juiz nem daria bola. Mas eles eram severos com seus deveres, não saiam de posição, quebravam a estratégia estabelecida ou eram desleais. No máximo tentavam convencê-lo a desistir ou mudar de lado com ofertas, palavras e outros subornos, mas sempre ouviam a recusa; nenhuma proposta pareceu vantajosa a ele, nenhuma envolvia levá-lo de volta para casa.

O jogo parecia ter morrido no meio campo. Cláudio atacava algumas vezes, mas a severidade da defesa adversária parecia intransponível, e a própria capacidade dele era capaz de conter os demônios sem qualquer sinal de desgaste. As coisas mudaram em um contra ataque, quando num gingado ele desfilou por entre dois marcadores e transpôs a lateral esquerda da defesa adversária, caindo pela ponta. Quando procurou na área alguém que pudesse escorar a bola, não encontrou ninguém. As outras almas que dividiam equipe com Cláudio estavam acuadas no campo de defesa, tremendo pela presença dos demônios que costumam torturá-las. Nesse momento ele parou a bola, arrastou e virou seu corpo pra área, de onde a criatura de tentáculos que fazia as vezes de zagueiro marchava em sua direção. Com uma puxada da bola seguida de um corte, ele se esquivou e novamente parecia o jogador que era quando vivo. Já na grande área, curvou o tronco para a esquerda, ajeitou a canhota ruim e arrematou, meio sem direção, ainda mais sem ângulo, para um gol que arrancou uma reação estática do goleiro, que nem se deu ao trabalho de acompanhar a bola com os olhos. O juiz apitou o fim.

Em um berro Cláudio nascia de novo, revivendo o primeiro grande obstáculo que era se acostumar com o mundo fora do ventre. As luzes ofuscavam novamente, a médica de nariz adunco refletia a iluminação branca e virava a inimiga inicial de alguém que estava de volta à vida, longe do pacto que o levou até ali.

CONFIRA A ESCALAÇÃO DO NOSSO TIME

MARCO RIGOBELLI

Palmeirense, adepto da raça com arte e estudioso do 4-4-2 em losango no Football Manager; assistiu muito mais futebol do que jogou e, embora seja muito melhor descrevendo a bola na rede do que de colocando-a lá, jura de pés juntos que teve seus lampejos de craque (volante) em campos de terra.

GERSON LODI-RIBEIRO

Publicou na versão brasileira da *Asimov's*: a FC hard "Alienígenas Mitológicos" e a história alternativa "A Ética da Traição" que abriu as portas do subgênero no fantástico lusófono. Finalista do Sidewise Awards (2000) com o conto "Xochiquetzal"; Autor da coletânea *Histórias de ficção científica de Carla Cristina Pereira*, e dos romances *Xochiquetzal: uma Princesa Asteca entre os Incas*, *A Guardiã da Memória* (FC erótica – Prêmio Argos 2012) e *Aventuras do Vampiro de Palmares*. Editor das antologias *Phantastica Brasiliana*, *Como Era Gostosa a Minha Alienígena!*, *Erótica Fantástica v. I*, *Vaporpunk*, *Dieselpunk* e *Solarpunk*.

VINÍCIUS LISBOA

Nasceu em 22 de maio de 1989, é jornalista e mestrando em Estudos da Linguagem na Universidade Federal Fluminense, onde também concluiu a graduação. Foi repórter nos jornais O Globo e Extra e trabalha na Agência Brasil, da Empresa Brasil de Comunicação. Carioca, do bairro de Campo Grande, na Zona Oeste do Rio, ainda mora na cidade, uma fonte constante de ideias para a distopia, o heroísmo e a literatura insólita.

FABIO FERNANDES

É doutor em Comunicação e Semiótica pela PUC-SP. É professor de Jogos Digitais e Tecnologia e Mídias Digitais na mesma instituição. É autor de *A Construção do Imaginário Cyber* (2006) e *Os Dias da Peste* (2009). Traduziu, entre outros, os clássicos *Laranja Mecânica* e *Neuromancer*. Tem contos publicados em vários países, e é o responsável editorial pela América Latina para a coletânea *Best American Fantasy*, editada por Ann e Jeff VanderMeer.

MARCEL BRETON

Nasceu em 1975 em Minas Gerais, e mora em Belo Horizonte. Casado e sem filhos, é analista de sistemas de dia e escritor de madrugada. Desde 2010, publicou contos em coletâneas e sites, sempre de literatura fantástica.

SITE www.marcelbreton.com

TWITTER @marcelbreton

DIEGO MATIOLI

É escritor, professor e mestre Pokemon nas horas vagas. Formado em Design de Produtos pelo Centro Universitário Belas Artes de São Paulo, nunca exerceu a profissão, optando seguir a dinastia familiar na docência. Participa de meia duzia de blogs, mas não tem nada publicado porque todo mundo tem de começar em algum lugar e ele começa aqui.
TWITTER @Egotista
BLOG egotista.wordpress.com

FABIO BAPTISTA

Nasceu em São Paulo, cidade que ama e odeia conforme o trânsito e o número de pessoas que resolvem ir aos mesmos lugares. Sempre gostou de ler e queria ser roteirista de HQs, mas tornou-se analista de sistemas. Escreve pelo prazer de escrever e ser lido (ele nutre esperança que esse segundo item acontecerá um dia). Detesta falar sobre si em terceira pessoa e esforça-se para produzir textos com qualidade acima do medíocre. Ainda não conseguiu, mas continua tentando.
fabiobaptista.writer@gmail.com

RODRIGO VAN KAMPEN

Cresceu em Holambra-SP, passou por diversas cidades e hoje mora em Campinas-SP. É formado em jornalismo, trabalha com publicidade, mas quer mesmo é viver de literatura. É editor da Revista Trasgo de ficção científica e fantasia.
BLOG rodrigovankampen.com.br
TWITTER @rodrigovk

CARLOS ORSI

Natural de Jundiaí (SP), é jornalista especializado em cobertura de temas científicos e escritor. Já publicou os volumes de contos *Medo, Mistério e Morte* (1996) e *Tempos de Fúria* (2005) e os romances *Nômade* (2010), *Guerra Justa* (2010) e *As Dez Torres de Sangue* (2012). Seus trabalhos de ficção aparecem em antologias como *Imaginários v. 1* (2009), *Campo Total e outros contos de ficção científica* (2013) e revistas e fanzines no Brasil e no exterior.

SID CASTRO

De Catanduva, SP, é quadrinista e escritor de literatura fantástica. Colaborador da lendária revista de terror nacional Calafrio e publicou contos e noveletas nos livros *Território V*, *Contos Imediatos*, *Portal 2001*, *Portal Fahrenheit*, *Dieselpunk*, *A Batalha dos Deuses*, *Brinquedos Mortais*, *SOS – A Maldição do Titanic*, *Erótica Fantástica – Volume I*, *É Assim que o Mundo Acaba*, *Terrir* e *Space Opera III*.
www.facebook.com/sid.castro
BLOG libernauta.wordpress.com

Este livro foi impresso em papel pólen bold na
Printing & Internet Solution em agosto de 2014